地方城市振兴之路

地元がヤバい…と思ったら読む凡人のための地域再生入門

[日] 木下齐 著
郭思言 译

人民东方出版传媒
People's Oriental Publishing & Media
东方出版社
The Oriental Press

图字：01-2022-0819 号

Bonjin no Tame no Chiiki Saisei Nyumon
by HITOSHI KINOSHITA
Copyright © 2018 HITOSHI KINOSHITA
Simplified Chinese translation copyright © 2021 by Oriental Press
All rights reserved.
Original Japanese language edition published by Diamond, Inc.
Simplified Chinese translation rights arranged with Diamond, Inc.
through Hanhe International (HK) Co., Ltd.

中文简体字版专有权属东方出版社

图书在版编目（CIP）数据

地方城市振兴之路 /（日）木下齐 著；郭思言 译. —北京：东方出版社，2023.7
（世界新农丛书）
ISBN 978-7-5207-3075-4

Ⅰ.①地… Ⅱ.①木… ②郭… Ⅲ.①区域经济发展—经验—日本 Ⅳ.①F131.37

中国国家版本馆 CIP 数据核字（2023）第 042598 号

地方城市振兴之路
（DIFANG CHENGSHI ZHENXING ZHI LU）

作　　者：	[日] 木下齐
译　　者：	郭思言
责任编辑：	申　浩
出　　版：	东方出版社
发　　行：	人民东方出版传媒有限公司
地　　址：	北京市东城区朝阳门内大街 166 号
邮　　编：	100010
印　　刷：	北京联兴盛业印刷股份有限公司
版　　次：	2023 年 7 月第 1 版
印　　次：	2023 年 7 月第 1 次印刷
开　　本：	880 毫米×1230 毫米　1/32
印　　张：	9
字　　数：	185 千字
书　　号：	ISBN 978-7-5207-3075-4
定　　价：	49.00 元

发行电话：(010) 85924663　85924644　85924641

版权所有，违者必究

如有印装质量问题，我社负责调换，请拨打电话：(010) 85924602　85924603

"世界新农"丛书专家委员会

（按姓氏汉语拼音排序）

白澄宇	联合国开发计划署中国可持续发展融资项目办公室主任
才　胜	中国农业大学工学院，硕士生导师
陈　林	首辅智库学术委员会副主任委员
陈　猛	厦门大学环境与生态学院教授
陈能场	广东省科学院生态环境与土壤研究所研究员，中国土壤学会科普工作委员会主任
陈统奎	《南风窗》杂志前高级记者、全国返乡论坛发起人、6次产业家社群营造者、火山村荔枝创始人
冯开文	中国农业大学经济管理学院教授
谷登斌	河南丰德康种业股份有限公司总经理、研究员，第四届国家农作物品种审定委员会委员
侯宏伟	河南师范大学商学院MBA教育中心办公室主任，硕士生导师
胡　霞	中国人民大学经济学院教授，博士生导师
宋金文	北京外国语大学北京日本学研究中心教授
仝志辉	中国人民大学农业与农村发展学院教授，中国人民大学乡村治理研究中心主任
徐祥临	中共中央党校高端智库深化农村改革项目首席专家，经济学教授、博士生导师，首辅智库三位一体合作经济研究院院长
杨尚东	广西大学农学院教授
张耀文	德国国际合作机构（GIZ）职业教育与劳动力市场高级顾问
周维宏	北京外国语大学北京日本学研究中心教授，博士生导师

出版者的话

在中国共产党第二十次全国代表大会开幕会上，习近平总书记指出要全面推进乡村振兴，坚持农业农村优先发展，巩固拓展脱贫攻坚成果，加快建设农业强国，扎实推动乡村产业、人才、文化、生态、组织振兴，全方位夯实粮食安全根基，牢牢守住十八亿亩耕地红线，确保中国人的饭碗牢牢端在自己手中。

乡村振兴战略的提出，让农业成为有奔头的产业，让农民成为有吸引力的职业，让农村成为安居乐业的美丽家园。近几年，大学生、打工农民、退役军人、工商业企业主等人群回乡创业，成为一种潮流；社会各方面的视角也在向广袤的农村聚焦；脱贫攻坚、乡村振兴，农民的生活和农村的发展成为当下最热门的话题之一。

作为出版人，我们有责任以出版相关图书的方式，为国家战略的实施添砖加瓦，为农村创业者、从业者予以知识支持。从 2021 年开始，我们与"三农"领域诸多研究者、管理者、创业者、实践者、媒体人等反复沟通，并进行了深入调研，最终决定出版"世界新农"丛书。本套丛书定位于"促进农业产业升级、推广新农人的成功案例和促进新农村建设"等方面，着重在一个"新"字，从新农业、新农村、新农人、新农经、新理念、新生活、新农旅等多个角度，从全球范围内精心挑选各语种优秀"三农"读物。

他山之石，可以攻玉。我们重点关注日本的优秀选题。日本与我国同属东亚，是小农经济占优势的国家，两国在农业、农村发展的自然禀赋、基础条件、文化背景等方面有许多相同之处。同时，日本也是农业现代化高度发达的国家之一，无论在生产技术还是管理水平上，有多项指标位居世界前列；日本农村发展也进行了长时期探索，解决过多方面问题。因此，学习日本农业现代化的经验对于我国现代农业建设和乡村振兴具有重要意义。

同时，我们也关注欧洲、美国等国家和地区的优质选题，德国、法国、荷兰、以色列、美国等国家的农业经验和技术，都很值得介绍给亟须开阔国际视野的国内"三农"读者。

我们也将在广袤的中国农村大地上寻找实践乡村振兴战略的典型案例、人物和经验，将其纳入"世界新农"丛书中，并在世界范围内公开出版发行，让为中国乡村振兴事业作出贡献的人和事"走出去"，让世界更广泛地了解新时代中国的新农人和新农村。我们还将着眼于新农村中的小城镇建设与发展的经验与教训，在"世界新农"丛书的框架下特别划分出一个小分支——小城镇发展系列，出版相关作品。

本套丛书既从宏观层面介绍 21 世纪世界农业新思潮、新理念、新发展，又从微观层面聚焦农业技术的创新、粮食种植的新经验、农业创业的新方法，以及新农人个体的创造性劳动等，包括与农业密切相关的食品科技进步；既从产业层面为读者解读全球粮食与农业的大趋势，勾画出未来农业发展的总体方向和可行路径，又从企业、产品层面介绍国际知名农业企业经营管理制度和机制、农业项目运营经验等，以期增进读者对"三农"的全方位了解。

我们希望这套"世界新农"丛书，不仅对"三农"问题研究者、农业政策制定者和管理者、乡镇基层干部、农村技术支持单位、政府农业管理者等有参考价值，更希望这套丛书能对诸多相关大学的学科建设和人才培养有所启发。

我们由衷地希望这套丛书成为回乡创业者、新型农业经营主体、新农人，以及有志在农村立业的大学生的参考用书。

我们会用心做好这一套书，希望读者们喜欢。也欢迎读者加入，共同参与，一起为实现乡村振兴的美好蓝图努力。

前　言
正因为是普通人，才能改变地方

　　高中一年级时，我参加重振家乡商业街的活动，从此踏入"地方建设"行业。一晃已经20年。我在家乡做过各类工作，其中不乏鲜有露面的一线工作。

　　有的活动一开始气氛热烈，最后却因工作人员过于劳累而不得不中止。

　　有的活动因为人际关系不和或是未来不明朗，最终导致团队解散。

　　还有的活动作为优秀案例接受采访，但负责人夸大了实际情况，结果引起了其他成员的不满。

　　无论在何处，只要是与人打交道的工作，就会有失败和挫折。只有那些在沉浮中不屈服，一直走在前面的人，才能将事业做大做强。这就是地方建设的真实情况。

　　如何才能在这种情况下取得成功呢？我一直主张与人打交道的工作，"逻辑"很重要。

　　媒体总是以"移居地方，年轻人奋斗的成功故事"，"老人们手拉手，互相扶持的暖心故事"为标题，把地方城市的现实剪辑得无比美好。但事实上，这背后往往隐藏着各种钩心斗角与权力之争，比如当地的掌权者破坏新举措，居民嫉妒他人的成功，有名无实的顾问只靠补助金的信息过活，官员抢夺他人的功劳，等等。

我这近二十年来的切身感受是，即使在那样的环境下，或者说正因为在那样的环境下，毫不动摇地贯彻经营"逻辑"的人才能生存下去。我出版了多本图书，就是想将这个"逻辑"分享给各地的伙伴。

还有一件重要的事情需要说明。那就是在当地的商业活动中非常重要的"情感"，也就是对情感的理解。

经营逻辑相关的书籍中常常以当事者之间的情感冲突、经营方面的压力，以及不屈服的勇者们的"韧劲"为主题。但本书中我决定从逻辑和情感两方面双管齐下，以小说的形式向大家呈现地方建设的真实情况。

我们常说，成功的方式多种多样，但失败都有相似的"陷阱"。这本书中，我对平时无法言说的"陷阱"进行了细致的描写，希望作为他山之石供大家参考。

前面说的可能有些刻板，总体来说我希望大家能通过本书认识到两点。

一是"不管等多久，地方都不会有神人来"。

看似成功的地方城市领导有时会被视为神人。经常听到有人说，"要是我们家乡也有这样厉害的领导就好了"。其实这只是一种误解。

成功的领导者形象往往只是表象，很多领导者其实也只是有血有肉的普通人，在工作和生活上会卷入各种各样的麻烦，有时甚至想抛下工作一走了之。即使是现在成功的人，年轻的时候也经历过各种各样的失败，也有过换作普通人很难重新振作的经历。无所不能的神人凭一己之力改变城市，这在你的城市或其他城市都不可能发生。

最重要的是，地方本来也不需要神人。只要找到各司其职的"好伙伴"，将再普通不过的工作坚持下去，就会不断取得成果。甚至最初只需两三个人。和伙伴们共同努力，不知不觉间，你就能走出地方，结识全国甚至海外的合作伙伴，丰富阅历，并给地方带去新的活力。

"我们的城市如果也有旅游资源就好了""我们的城市如果交通更加便利就好了"，这样的说法本质上都在期待外力。你的城市不会有神人来，也不会突然涌出有名的温泉，更不会突然发现埋藏的宝藏。在没有人才、没有资源、没有资金的窘境下，能否有"普通人"勇敢地向前迈出一步，是决定地方振兴成败的关键。即使是现在正在衰退的地方城市，在漫长的历史中也一定曾有人让它繁荣昌盛过。什么都不做、只会发牢骚的地方不会繁荣。

二是"无论是哪里，都可以马上开始"。

地方振兴不是一蹴而就的，而是经历了多次失败后，不放弃努力，同时积极寻求改善方法，才获得了成功。但因为媒体报道往往聚焦成功，所以总给人造成一帆风顺的错觉。

因此，应当摒弃"没有失败的成功"的想法，要首先尝试迈出第一步。

不是从某个机构获得资金，而是成员们都拿出自己的手头资金，去做自己认为正确的事（拿着别人的钱去做自己想做的事，天下可没有这样的美事）。因为要对自己及同伴负责，所以一出现错误才能马上改正，勇往直前。

最糟糕的是使用别人的资金，永远都是开学习会、开研讨会，完全不亲自投身到振兴事业中的人。做什么会成功，怎么做会成功，谁做会成功，这些问题无论怎样讨论，都无法得到答案。就像不骑自行车的人永远也不会骑自行车一样。

自己想做的事情要自己动手做。无论是衰退到何种程度的地方，都可以开始。失败了就将其当作教训，只有先开始的地方，才能获得最终的成功。

我不喜欢客套话，所以不会说"总会有人去帮你""花时间多想想就一定没问题""努力就会有成果"之类的场面话。所以，读到这里可能会有人担心，觉得"我没有那样的决心""我做不到"。但我本人也曾经对地方振兴毫无兴趣，甚至是极度怕生的性格。无论是小学低年级的时候去朋友家玩，还是在班级中举手发言，甚至跟初次见面的大人打招呼都做不到。后来，随着我的成长，我开始能够表达自己的意见，但无论是高中时期参与商业街的振兴活动，还是后来自己创办公司，也都是"偶然"。

我起初经历了无数的失败和困难，比如工作压力带来的斑秃；因为没有经验而在股东大会上被要求辞职；投资项目的负责人连夜携款潜逃；为了地方振兴而拿出的资金全部打了水漂；盗用了我的创意却把我排除在项目之外，只因为我是个"毛头小子"。

前言　正因为是普通人，才能改变地方

因此，我将本书的主人公特意设定为"在大城市中勤勤恳恳工作，性格软弱的上班族"。实际上，在地方备受瞩目，甚至被视为"英雄"的人中，很多都是在经历多次失败后成长起来的，而在此之前他们并不起眼。今天的"普通人"就是明天的英雄。

振兴衰退的地方城市绝非易事，但也并非只有特定的人才能做到。反倒是每天过着平凡生活的"普通人"，即使失败也能接受现实，不轻视小事，利不过贪，才能坚持下去。平凡本身就是一种优势。

看了本书中这个随处可见的地方故事，即使有一个人向前迈出一小步，作为作者我也会感到无比喜悦。

本书虽然是小说形式，但为了能在实际中发挥作用，在注释和专栏部分付出了很多心血，供大家仔细品读。另外，由于充实了这些"附录"，故事可能会被中断，但鉴于本书是"以实践为目的的书"，还请大家见谅。

主要人物介绍

濑户淳　33岁

高中毕业后去了东京读大学。大学毕业后在知名制造企业就职。虽然常对公司内部调整持怀疑态度，但由于自己也没有其他梦想，所以勉强度日。属于不起眼的类型，容易随波逐流。但因为说话委婉，所以也不招人讨厌。祖辈是在家乡做生意的。父亲多年前去世，目前只剩母亲一人打理店铺。

佐田隆二　33岁

和濑户毕业于同一所高中。之后没有选择升学，而是去餐饮店做学徒。除继承家业之外，还在当地经营着五家很受欢迎的店铺。对待事物态度明确，富有男子气概，因此受到很多后辈的仰慕。但是家乡的长辈们却觉得他固执己见，把他当成麻烦的家伙。

森本祐介　33岁

和濑户从同一所高中毕业后进入当地的国立大学。之后通过地方公务员考试进入市政府工作。自诩善于处世。虽然每天都在看上司的脸色行事，但内心想要成就一番大事业。经常让濑户淳等人参与到自己的事情中。

濑户圣子　58 岁

濑户淳的母亲。与儿子截然不同，天生性格开朗，丈夫去世后接替丈夫经营着家中的店铺，很受客户的关照。但最近感到力不从心，决定关闭店铺，享受往后的人生。

鹿内宏　51 岁

政府官员，之前一直坐冷板凳，但当上课长后，通过新的补助金政策拉拢了地方出身的有权势的政治家。想要出人头地，气焰嚣张。固执地认为"地方振兴就应该由国家领导"。

田边翔　31 岁

艺大毕业后，在东京一家知名广告代理店工作。回到老家后，做过免费报纸的广告销售。原本是佐田的酒友，性格开朗，人脉很广。在工作中会不断地想出有创意的点子。

故事梗概

故事发生在人口5万人左右的地方城市。这个城市若是从东京出发，需要坐1小时新干线，再换乘20分钟的普通列车才能到。主人公濑户淳直到高中毕业都在这座小城长大。

濑户毕业于东京某所大学，毕业后在东京的一家知名制造企业就职。离开老家已经10年，每年都难得回家一次。

濑户的父亲在当地的商业街经营店铺。5年前去世后，店里的生意一直由母亲圣子负责打理。但是有一天，圣子突然说要将店铺和房子出售，和朋友去旅行，享受晚年。

濑户家店铺所在的商业街，在老龄少子化和人口减少的冲击下，已经完全成了"卷帘门大街"。不仅是濑户家，不少其他经营多年的店铺也都关闭了。这种情况在地方城市并不稀奇。

因为母亲圣子不会办理关门歇业相关的复杂手续，就让濑户代替她做。于是濑户往返于东京和家乡，办理关店手续以及出售店铺。在此过程中，他与高中时期的朋友们久别重逢。

通过朋友，濑户意识到家乡所处的困境，并开始思考"自己的未来"，以及"家乡的未来"。东京的工作让他感受不到工作的意义。而原本以为"没有工作"的朋友佐田竟在当地大显身手。濑户开始思考出售老家的房子，回东京继续当上班族，是否是正确的选择。

谁都没有想到，随着濑户家的店铺处理，故事竟开始向着"卷帘门大街"的振兴，甚至整个地方振兴的方向慢慢发展。

目 录

第 1 章
欢迎来到"卷帘门大街"

突然返乡 / 003

不情愿的重逢 / 011

小巷里的人气店铺 / 021

> 专栏 1-1　"人才"无处不在 / 030

> 专栏 1-2　资金外流导致地方走向衰退 / 031

第 2 章
孤军奋战的觉悟

政府预料之外　自力更生的私营店铺 / 035

来自银行的嘲笑 / 043

从"倒算"开始 / 049

> 专栏 2-1　当今时代为何需要"倒算法" / 056

> 专栏 2-2　地方需要的不是"天才"而是"决心" / 057

I

第 3 章
被忽视的角落

只能在那里买到的东西 / 061

"友情"致命 / 071

下一步棋 / 080

> 专栏 3-1　地方创业"选址"的重要事项 / 090

> 专栏 3-2　为资金烦恼前应该做什么 / 091

第 4 章
批评家们的咆哮

有钱能使鬼推磨 / 095

"我们又不是小孩子" / 104

下定决心后 / 112

> 专栏 4-1　地方事业必然伴随"批评" / 121

> 专栏 4-2　在地方创业的烦恼与不安 / 122

第 5 章
赚到的钱与拿到的钱

"欲望"与"间隙" / 127

政府项目 / 135

徒有虚名的顾问 / 144

> 专栏 5-1　政府项目受挫的结构性原因 / 153

| 专栏 5-2 | 表面上的地方分权困境 / 154 |

第 6 章
失败、失败，又是失败

没有所向披靡的成功者 / 159

回到原点 / 168

学徒之旅 / 176

| 专栏 6-1 | 什么是真正的"失败" / 184 |
| 专栏 6-2 | 有关"外来者、年轻人和傻瓜"的谎言 / 185 |

第 7 章
超越地方

筹措资金 / 189

小成就，大态度 / 195

投入税金 / 204

| 专栏 7-1 | 通过地域合作产生影响力的思维方式 / 211 |
| 专栏 7-2 | 取得成功后的"自负" / 212 |

第 8 章
真正的"伙伴"是谁

砸别人饭碗的权力 / 215

超越"好朋友俱乐部" / 223

资金不在政府，而在当地 / 232

他人的钱无法成为驱动力 / 241

专栏 8-1　何时应做出不讨喜的决断 / 251

专栏 8-2　忍耐孤独，结交各地志同道合的伙伴 / 252

终　章
以全新的方式做全新的事，为了全新的人

再见，卷帘门大街 / 255

专栏 9-1　与其改变现在，不如从零开始 / 265

结　语　这个故事还在继续 / 266

第 1 章

欢迎来到"卷帘门大街"

第1章　欢迎来到"卷帘门大街"

突然返乡

"……妈妈有话想跟你说,你回来一趟吧。"

我被手机上鲜少出现的"妈妈"两个字吓了一跳,连忙接起电话,耳边传来从未听过的虚弱声音。我隐约觉得不能问得太多,"我周末回去一趟,先挂了吧。"

我草草地挂断了电话,一直盯着手机。

一向坚强的母亲发出如此虚弱的声音,让我无法往下详细询问。我决定马上回家。离开老家已经十多年了,一年都难得回去一次。就连父亲去世的时候我也只回去待过几天。我总认为母亲的事不用我操心,也许我只是想这样认为。

我隐约知道母亲想说什么,它一直在我脑海的某个地方,我却装作不知道。我在东京一直过着拮据的生活,自以为年轻的自己不知不觉中已年过三十。

我把手机放进兜里,叹了口气。本应习惯了的新桥,此时却热闹得让人厌烦。刚才电话那头传来的虫鸣声,听起来好遥远。

今天我工作的电器公司发布了新品。庆功宴结束后,我和三个关系不错的同事一起喝了一杯。挂掉母亲的电话回到居酒屋,喝了一半的冰啤酒已经变温了。我什么也没说,安静地回到座位上，同事有人问：

"喂，濑户，你怎么一副闷闷不乐的样子，是不是被女人甩了？"

我原本就不适应这种场合。我说不出有趣的话，所以最后多是被嘲讽一番。别说该如何回答对方了，就连微笑回应都做得勉勉强强。

"不、不，不是的。是我母亲打来的。"

"啊？出什么事了？"

面对同事们的担心，我只是含糊其词地说："嗯……应该没什么大事。"

之后，我又被同事带着去了几家酒馆，但直到临近末班车的时间，我还是没怎么喝酒。我和要去唱歌的同事们道了别，因为不想搭电车，我便足足走了两站才到家。

"店铺交给我，你好好在东京加油吧。"

这是五年前父亲去世时，母亲对我说的话。收到消息时，我只想着，父亲终究还是走了，心中竟没有涌起任何强烈的情感。

父亲一直在店里工作，我几乎没有和他一起生活的记忆。不管我说什么，他都只回一句"哦""是吗"。他与原本就内向的我之间没有太多的对话。与此相反，母亲十分爱说话，也是个行动派。母亲之前一直过着单身贵族的生活，我行我素，但不知为何最后却和沉默寡言、有工匠气质的父亲结了婚。母亲将其归为同情。作为儿子，我时常对他们的结合感到不可

第1章 欢迎来到"卷帘门大街"

思议。

"你爸爸继承家业,努力做了这么多年,我是不会放弃的。就当是我一直在经营这家店好了。没事的,总会有办法的。"

在那之后,母亲反复对我说,你安心做自己的事就好了。虽然我已经勉强自立了,但比起店里的事,母亲似乎更担心我。

如此坚强的母亲也渐渐力不从心了。不过,这也并不奇怪。我家店铺所在的商业街近年来十分冷清,现在几乎已经没有生意可做了。我们家的店铺之所以能勉强支撑,无非是因为有一直合作的客户,以及不用付房租而已。

我们家的店铺原本是给餐饮店批发食材的。大约15年前,又开始为养老院及老年公寓批发食材,靠这些才得以勉强维持。但附近没有客户的零售店都纷纷关门了。

我们家的店铺起初是鲜鱼店。但随着专营店经营变得困难,祖父便收购了周边的肉店和蔬菜店,转为经营生鲜三品,销售肉、蔬菜和鱼。在那个人口激增的年代,店铺的生意十分兴隆。

20世纪80年代父亲继承家业时,经济环境不好,他本人又没什么商业头脑,所以就缩小了店铺规模,最后只剩父母两人打理。或许那时的决定才是对的,因为那些当年勉强维持规模的店铺,早都已经倒闭了。

说起父亲当年的英勇事迹,在和他为数不多的对话中还算记忆犹新。那是平时沉默寡言的父亲唯一变得健谈的时候。

"你听好了,早上开货车进的货,傍晚就全部卖光了。钱在收银台和保险柜里装不下,我就经常往纸箱里扔钱。信用金库①的人一天要来好几次将钱收走。这么说吧,我们当时做的就是现在所说的超市。"父亲总是自豪地说。

"有那么小的超市吗?"

听我这么一说,父亲一下子就火儿了,骂道:"小什么小!"

明明父亲自己总是谦虚地对别人说,"我家店很小。"不过,现在的我也能理解那种小小的自豪感了。在父亲的心目中,时代的指针依然停留在祖父手下跑前跑后、大赚特赚的年代。

而在我出生的 80 年代,以大荣(DAIEI)为首的大型超市不断向地方扩张,导致小的零售店铺业绩不断下降。也就是说,我只看到了自家店铺生意下滑的景象。

当地的商业街,后来又受到郊外购物中心的冲击,完全无法与之抗衡,逐渐走向衰退。

从东京乘 1 小时的新干线,再乘 20 分钟左右的普通列车,就到了我熟悉的家乡车站。车站最近整修得很气派,但列车时刻表却几乎是空的。在一个以私家车出行为主的地方城市,只有早晚上下学的学生才坐列车,列车站早已不是城市的中心了。

"啊,那里也已经变成空地了。"

---

① 日本的一种带有互助合作性质的中小企业金融机构。——译者注

第1章　欢迎来到"卷帘门大街"

我每次回到这里的车站,都会发现开门的店铺又减少了,最近空地和停车场也变得格外显眼。一个地方一旦变成空地,人们就会不可思议地忘记那里曾经发生过的一切。本应是我最熟悉的家乡,我却陷入了不是家乡的错觉。

我走在从车站回家的路上。我上初中前,还是行人如织的商业街,现在已经完全变成了"卷帘门大街"。当然,这倒也不是什么不幸的事情。大城市的人大概不太知道,这些店的店主们可比大家想象的要富裕。

"有合适的人我再租。"

"我住在二楼,所以不想租一楼。"

"这是为了一年回来几次的儿子一家人特地空出来的。"

"我可不想现在租出去,再万一发生什么麻烦事儿。"

街坊邻居们聚在一起聊天,都是这样的话题。在连房东都做不成生意的地角,房东们却依然毫无恶意地设定了高昂的租金,或许是受泡沫经济的影响[①]吧。对租户的宣传也全权交给了毫无干劲儿的房屋中介,店铺的卷帘门上贴着好几家房屋中介的"出租信息"。

有一次,我对母亲说:"贴这么多房屋中介的信息,不是等于告诉别人没人租嘛,完全就是起反作用啊。"

母亲却半开玩笑地说:"因为大家租不租出去都不发愁,像我们这样做生意的才是最发愁的。"

大部分房东都当惯了大爷,不想改变老一套的做法。到现

[①] 日本商业区的房产价格从1955年开始暴涨了100倍左右,之后泡沫经济破灭,房产价格暴跌至1/3甚至1/5。有的甚至跌到没有标价的状态。

在还认为房东在租户之上，有一种"我租给你"的优越感。

我还听当地朋友说，大型购物中心①里的专卖店也不好做。最近在当地有发展前景的购物中心，实施了"限时免租"政策，在一段时间内对商户不收租金。从商户的角度来看，哪种选择更好，自然不言而喻。招不到商户的理由并不是房东们所说的因为没有停车场，所以没人来②那么简单。

从车站步行5分钟左右就到了我家门口。我从旁边的小路绕到后面，再从院子那边的后门进去。因为以前从店铺正门进去免不了被骂一顿，所以"走后门"的习惯到现在也改不掉。

"我回来了。"我大声喊道。

"欢迎回家。"从屋子里面传来熟悉的声音。这个声音比前几天电话里的声音精神多了，我顿时松了一口气。

"什么呀，你之前电话里的声音有气无力的，害得我特地调整了日程回来呢。"

母亲太过精神的样子让人不爽。

---

① 过去商业街的中小店铺主要面向本地市场。20世纪90年代以后政策放宽，高效、大型的购物中心迅速地占据了地方市场。但现在，由于地方零售市场的低迷、购物中心的过度增加，导致竞争异常激烈。另外，随着网购市场的急速增长，购物中心的销售额和利润也相继开始下滑。因此，为了整合现有店铺，吸引当地的大商户，购物中心往往会提供更好的条件。

② 商业街的一部分房东认为"因为没有停车场，所以没有客人。"但实际上，国家和地方政府也尝试在商业街附近建设停车场，结果大多却因无人使用而倒闭。相反，有很多小巷里的店铺并没有足够的停车场，但顾客依然络绎不绝。归根结底还是竞争力的问题。人们之所以去购物中心，是因为想去，免费停车场只是一个附带条件罢了。

第1章 欢迎来到"卷帘门大街"

"看吧,要是我不那么做,你肯定就不回来了。"

母亲说着话,也没有停下手上的工作。不愧是母亲,太了解儿子了。老旧的电风扇发出很大的声响,吹散着餐桌上菜肴冒出的热气。

过了一会儿,母亲开口说道:"你爸爸去世已经五年了。这些年我一直努力经营着铺子。但我最近感到有些力不从心,所以想跟以前的朋友出去玩一玩,旅行什么的。电话里怕你听完就算了,所以就稍微表现得夸张了一点。"

"原来是这样,真是害我白担心了。"

"哎哟,这么说我演技还不错啊。"

"先不说这些,铺子你打算怎么办?"

"嗯……我想把店和房子都卖掉,然后租房子住吧……这些以后再决定。当务之急是歇业。歇业的话,需要先去趟银行和客户那里吧。你是独子,所以我觉得还是得和你商量一下,这才让你回来的。"

"说是商量,你不是都已经决定了嘛。不过,爸爸去世时,你不是说因为是有历史的老店,说什么都要做下去吗?怎么突然决定不做了?"

"你爸爸去世时,我要是马上就说卖店卖房子的话,亲戚们会怎么说我?所以才没有马上说不做了。说起来,本应由你来继承家业的,你却不做。我为了不让别人说闲话才说我来做吧。都说石上三年①,而我努力做了五年。现在歇业,不管你爸

---

① 日本谚语,原意为在石头上修行三年,寒冷的石头也坐暖了。比喻只要有决心,肯下功夫,多难的事也能做成功。——译者注

爸的在天之灵还是周围亲戚也不会怨我了吧。"

石上三年——这是母亲经常说的话。母亲既然已经决定歇业，那基本就无法改变了。

"我去查一下企业的歇业手续是怎么办的。你和会计师事务所的人谈过了吗？"我问道。

"还没有，这是我第一次跟人说这件事。这么复杂的事我做不了，还是你来做吧。你是独生子，只能拜托你了。先不说这些了，今晚吃什么呢？"

"我们不是刚吃过午饭吗？"我有些惊讶。

母亲做什么都很果敢，但对细节一点也不关心。

我只听说过有人会问如何创业或如何继承家业，却从没听说过有人问如何歇业。

"店铺都是如何歇业的呢？"

就这样，为了处理老家的店铺，我开始了每月数次往返于东京和家乡的生活，而此前我一年都难得回去一次。那时我还不知道，仅仅为了办理歇业手续的返乡，后来竟给自己的人生带来了巨大的转变。

第1章 欢迎来到"卷帘门大街"

不情愿的重逢

在久别的返乡被告知老家店铺要歇业闭店后,转眼已经过了两周。每天忙于工作,等我回过神来,歇业手续几乎没有进展。我约了税务师,再次回到了老家,心情莫名地有些沉重。母亲对我说:

"好像有书寄来了,放在你书桌上了。"

我这才想起,因为不知从哪里着手,所以两周前在网上买了标有"歇业"字样的书并寄回了老家。这座城市早已没有书店了,但现在只要在亚马逊上下单,第二天或第三天就能收到书。与传统印象不同,地方的生活也变得便捷了。正因如此,在地方城市,小公司很难与大企业竞争。我再次意识到,能在倒闭之前歇业闭店也是件好事。①

时隔多年走进自己以前的房间。曾经用过的书桌还是老样子。我曾在这里边听收音机边准备考试。我一边感慨,一边啪啦啪啦地翻看着桌上的书。生锈的椅子发出吱吱的声音。

读了几本书后,我首先明白的是,歇业并不那么容易。顿

---

① 在日本,虽然歇业并不光彩,但与其盲目地继承不赚钱的家业,干净利落地歇业也是一个选择。在日本,每年有近3万家公司歇业(据帝国数据库调查),8000家左右破产,破产前就决定歇业的经营者并不在少数。目前,中小企业转让店铺和生意等并购行为也在逐年增加。

时心情跌到了谷底。

创业需要钱，歇业也需要钱。创业还可以从熟人那里借钱或从银行贷款，但歇业时没有一个老好人会借钱给你。用赚来的钱，把当初进货和周转的借款全部还清，才能在不给别人添麻烦的情况下歇业。

"能干净利落地歇业的人，都是有钱人啊。"

也就是说，如果不能清算借款，最终就只能变卖房子、车子等资产。幸运的是，父亲并没有野心勃勃地拓展事业，因此也没有留下高额的借款。但即便这样，也还是有一些借款用于周转的。

我轻轻合上书叹了口气。窗外后院的树还和以前一样。

"吃饭啦！"

母亲熟悉的召唤令人怀念。我走下陡峭的楼梯，坐在厨房靠边的餐桌上。我觉得过于消沉不太好，于是努力控制着自己的情绪，但母亲往往在这种时候十分敏感。

"怎么了？你怎么愁眉苦脸的？"母亲问道。

"嗯……我读了本书，上面说歇业需要很多钱。我有点担心，不知道家里能不能拿出那些钱。"

"虽然没那么多钱，但有这家店铺，还有后面的小公寓不是吗？卖掉的话，总有办法吧。"母亲答道。

这么冷清的商业街，会有人买这块地吗？我的担心并没有因此而打消。

"我先跟税务师谈谈再说吧。"这个话题就此打住。毕竟光

第1章 欢迎来到"卷帘门大街"

说些丧气话也无济于事。

我家是典型的老建筑,房子和店铺是一体的。前面是店,里面是家。考虑到退休后的生活费,父亲还在后面加盖了一栋供出租的公寓。虽然有些房间还是空的,但能从中获得的租金已是难得的额外收入。房子新建时的贷款基本都还上了,剩余部分足以作为母亲的养老金。不过,现在的租户不一定会续租,另外整栋建筑也变旧了。在地方城市,资产价值正逐渐消失,因此才要卖掉房子。

我打开从冰箱里拿出的啤酒,一边夹起了凉拌菠菜。母亲说这是今天早上山根一家给我们的。我随意地问道:

"妈妈,你打算一直住在这里吗?"

"嗯,我一个人过惯了,也没有一定要继续住在这里①的想法。"母亲答道。

那出售房屋和公寓也是个选择。

"啊,糟了,我忘了说。听说今晚商业街有年轻人的聚会。说是年轻人,其实都是年过四十的人。前几天我跟眼镜店的佐藤说,淳这两天回来,他说让你一定要去。现在大概已经开始了,你赶紧去吧。"母亲急急忙忙地说道。

"啊?开什么玩笑?干吗随便替别人决定?"……很遗憾,我没有勇气说出这么勇敢的话。

---

① 上了年纪搬家难度很大。主要出于对家的眷恋、经济等原因。因此有不少人即使在歇业闭店后还选择继续住在那里。结果,住在原先店铺的住户和还在营业的店铺间就产生了噪声问题。最近经济复苏的地方城市甚至出现了"可租店面不足"的问题,这是因为很多地方都是一楼空着,二楼却有人住。

"嗯……你知道我不适应那种场合吧？"我答道。

"哎呀，都是小时候跟你一起玩的小伙伴，你就去露个脸吧。现在这里年轻人少了，连青年部都在去年解散了。"母亲劝说道。

说起来，高中时我经常被叫去商业街帮忙。我一边带着这些回忆，一边踩着拖鞋去了商业街里，两间连在一起的老旧会馆。那家会馆是在过去商业街"辉煌"之时建的，即使在现在的"卷帘门大街"中，也是相当气派的建筑。话虽如此，会馆的一楼现在也空着。上了楼梯，开着门的会议室里传来说话的声音。

"差不多该决定今年年终特卖的预算怎么用了。"

穿着衬衫和休闲裤，脖子上挂着胸牌，看起来很认真的男人，正在向四五十岁所谓"年轻"的大叔们说着话。好像是政府的工作人员正在就年终特卖的预算使用征求大家的意见。

"啊，已经到了考虑这些的时候啦。今年有多少补助金来着？"一个人问道。

"每年都是 200 万日元。这是我和事务局长协商后决定的金额，就是为了不让大家有负担。"政府的工作人员仔细地做着说明。

听了这话，年纪最长的人发话了。

"那，山本，就像往年那样，随便弄点传单啦、旗子啦这类的吧。"

"又是我啊。好吧好吧，我知道了。"山本先生是当地的印刷店老板。一有活动，就需要各种印刷品，所以一直以来都是他负责。说起来，从我还是高中生的时候，任务分配就没变过。

政府的补助金是 200 万日元。不过，这笔钱毕竟是用于"补助"的，所以商业街工会正常还需再准备 200 万日元。但是，本来就不宽裕的商业街想尽量削减预算。因此，首先要把 200 万日元的预算做到 400 万日元，然后由政府补助 200 万日元。虽然预算表、账单上显示是 400 万日元，但实际只使用 200 万日元。之后，400 万日元中余下的 200 万日元让商户以其他名目返还给工会。这样一来，工会负担的部分实际上为零。他们所说的"好好做"就是这么回事。

另外，因为政府部门也要执行预算，所以即使对这些心知肚明，也不会过问。商业街"预算暗箱操作问题"①也是从我高中时期就有的，从昭和时代一直持续至今。

这天的会议似乎就以这个话题结束了。大家打开会议室旁边的电视，一边看棒球转播，一边把话题转到当地的八卦新闻上。这就结束了啊，我悄悄折了回去，正要下楼的时候，突然被叫住了。

"咦，这不是濑户吗？！你真的来了呀。不过会议已经结束了。大概是你弄错时间了吧。"

我吓了一跳，回头一看，正是刚才那个"政府男"。他戴着

---

① 在昭和时代，为了盈利时尽量减少税金，往往会通过虚构的交易，让利润看起来很低，在秘密账簿上累积钱财。但现在，如果社会上出现了这样的钱，出处就会受到怀疑，最终成为无法使用的隐藏资产。另外，在拥有停车场业务、促销业务等大额预算的商业街，各个业务的负责人权力很大，有时会接受商户的私下招待。

细框眼镜，笑着看着我。突如其来的冒犯，让我很不悦，但我完全想不起来他是谁。

"喂，你忘了吗？是我啊，森本。森！本！"

"噢……，是森本啊！我都不知道你在政府工作。"

我从前就讨厌森本。他是个容易得意忘形的家伙，总喜欢拿比较内向的我开涮，嘻嘻哈哈地笑话我。惊讶之余，我仔细看了看他脖子上挂着的胸牌，上面写着"经济局产业振兴部商业振兴科组长"。这名头也太、太长了吧。

"是啊，我现在是商业街的负责人。简单来说，就是负责政府预算中的补助金的。好久没见了，你还是老样子啊。去了东京之后，我还以为你改头换面了呢，看来人真是改不了本性。"

许久没见，他居然能这么流利地说出挖苦的话来。我虽然很生气，但不知为何，这种情绪不想被他察觉。于是我笑着回答：

"哎呀，我家店铺决定闭店歇业了。我只是为了办理歇业手续定期回来而已。"

"那就对了。现在这座城市除政府机关和银行外，就没剩下能好好工作的地方了。你要是继承家业就完了。"

说完，森本哈哈大笑起来。森本竟能在商业街的办公楼里说这种话，但事实是商业街的大叔们，正一边看着棒球转播，一边喝着罐装啤酒，还时不时地嚷嚷着球打的不好，根本没听见森本的话。我和森本两人走下又暗又窄的楼梯，来到外面。

"你下次回来的时候联系我，咱们出去喝一杯吧。高中时的那帮家伙也回来了几个。"

第 1 章 欢迎来到"卷帘门大街"

"是、是嘛。嗯,到时再约。"

谁会跟你这种人去喝酒。反正我也只会被当作笑柄。并非什么都没改变。我在东京成长了,至少在那种场合下说出了合适的客套话。

第二周,我再次回到了老家。我弯着腰整理店铺,直腰起身,强烈的阳光照射在我的脸上。在店铺深处的后院,有一间现在用作仓库的小偏屋,里面丢弃了几十年的店铺杂物和碟子堆积如山。我打算利用周末把这些都整理出来。我走进小屋,意外发现了记录店铺点点滴滴的笔记,极其详尽,让人不禁感叹店铺的历史之久。我想这东西不能交给别人,于是掸去上面的灰尘决定重新整理一番。就这样,不知不觉中时针已经指向下午 3 点多了。

母亲从店里端来大麦茶,问我晚饭在不在家吃。

"哦,我忘了说,今晚我不在家吃了。前几天在商业街的办公室偶遇了森本,他一直缠着我说要一起吃饭。还说其他同学都召集齐了。"我对母亲说。

今天如果迟到,不知道又会被说什么。约定的时间是 5 点钟,为了提前 15 分钟到达,我即刻出发去了约定好的居酒屋。

"哎,在这边。你怎么这么晚。"

本想着早点来,但没想到森本他们几个已经在居酒屋里面的小走廊占好了位置。除了森本,还有从本地国立大学毕业,现在在本地银行工作的后藤;关掉自家店铺,现在在商工会工作的山田;毕业于本地私立大学,在本地一家老牌房地产公司工作的泽田。高中时那种看不见的固定阶级好像又复苏了。这种场合对我来说，太不舒服了。

"那么，在大家喝醉之前，先决定下活动事宜吧。我拜托泽田准备舞台什么的，准备好了吗？"森本突然开始给我们分发材料。

"嗯？今天这是要做什么？"

我完全听不懂他们在说什么，不自觉地插嘴道。

"咦，我没跟你说吗？两个月后有个活动啊。政府出资，连同商工会一起举办活动振兴本地商业街。只是，不管是商业街还是商工会，现在这种状况，也指望不上他们做什么，所以实际策划、举办的就是政府部门。但因为活动第一天是连休的首日，我的领导们都说不想去，所以活动的事儿就落在我身上了。我也只好拜托高中朋友们帮忙了。"

听到这些，坐在一旁的泽田摇晃着庞大的身躯，往嘴里塞了一大把店家赠送的毛豆。

"什么'朋友'呀。"

他吐槽道。就是，什么朋友？这是你的工作，和我们没关系。森本完全没在意我们的不满，继续说道。

"所以，在喝酒前，先简单商量商量。濑户，你要是连休的话，会回来的吧。对吧？那就拜托了。"

"啊？啊……嗯。"

我被森本的气势压倒，一不小心答应了下来。我总是这样，每当有人理直气壮地让我做什么时，我就无法拒绝，最后总是悔不当初。

听森本说，这次活动是市长在去年选举时擅自承诺下来的"激活地方经济的引爆剂"。去年，周边城市举办了平价美食活动，吸引了 10 万人前来，于是市长一直想要策划一个旗鼓相当的活动。

森本的策划是集合当地的餐饮店，打造一个全新的"当地平价美食"活动，其他并没有什么亮点。从预算中拿出一部分让当地的电视台进行采访，进行大规模宣传。按照计划，政府的 1000 万日元预算足够了，因此当地负担为零。在东京工作的人看来，就是因为地方这样胡乱地使用政府预算，我们的税金才难以降低，让人不免恼火。

"因为是市长的大胆计划①，所以政府内没人敢抱怨。毕竟以前曾有人跟市长对着干，结果被派到食堂工作了。1 天的活动，1000 万日元。我们能做多大就做多大吧。"

森本充满热情地真诚地说着，其他的人也紧跟他的节奏，以酒局为名的碰头会气氛变得热烈起来。最后，分给我的任务是舞台的创意企划和活动当天的场务工作。

起身回家时已是凌晨 3 点。虽然想中途脱身，但我完全错过了时机。回到家后，我蹑手蹑脚地来到厨房。这种年纪了，还要偷偷摸摸地回家，我顿时觉得自己很没出息。我把杯子里

---

① 地方振兴的可怕之处在于，政府高层领导在电视上看到成功事例，仅凭一句"我们为什么没这么做呢"就能轻易获得预算。政府不像企业，没有盈利就会倒闭，反而下面的人如果提出反对意见，就会被边缘化。特别是如果有长期在位的领导，那么包括中层领导在内，往往都十分固执己见。因为过去有不少人反驳领导而吃了大亏，所以现在几乎所有人都不再跟领导唱反调。

的水一口气喝完，才发现这里的自来水和大城市的不同，很凉。

第二天，我被吸尘器的声音吵醒了。
"今天几点回去？"
母亲悠闲地问我。这时时钟的指针已经指向中午时分了。糟了！我忘了今天必须回东京。我赶忙收拾。
"我下下周再回来！再见！"
我急忙奔向车站。
我必须赶上从最近车站出发、1小时两趟的慢车，才能坐上订好票的那趟新干线。 我还在这里生活的时候，明明车次更多，但现在想这些毫无用处。在私家车时代①，大家都是开车出行，铁路顶多也只有高中生早晚乘坐。听说沿线地方城市的市长和镇长都在呼吁，希望不要再减少列车数量了，但那些呼吁者本身都已经10年以上没有坐过铁路列车了，又有什么说服力呢。
连自家的事都没处理好，就被卷入了麻烦事中。不举办这样的活动，不才是最能促进地方发展的吗？我坐上电车，一边看着渐行渐远的落寞风景，一边在心中喃喃自语。

---

① 　现在，日本各地辅路通畅，高速公路完备，全国建有60多个机场，因此地方的交通工具基本以私家车为主，必须在规定时间到达车站的铁路列车反而不方便了。比如在北海道，私家车是主要交通工具，因此JR北海道经营不善，也就不难理解了。可以说车站已经不再是城市的中心，也不再是城市的脸面了。

小巷里的人气店铺

"我说啊,你就不能提前一天回来吗?"

森本的声音明显有些不耐烦,句尾甚至能听到咂舌的声音。

"我也想啊。可连休前不能请假回家啊……"

"所以说你那边不能想想办法吗?说好的事不好好做的话,我很难办的。真是的。濑户你这样不行啊。你说了负责场务,就得好好做呀。"

森本像连珠炮一样说完,就挂断了电话。

同学们虽然当天都嘴上说着要帮忙,结果却迟迟没有着手要做的意思。从某种意义上说,大家都很精明。而森本也明知这一点,所以每天都要催促和确认。比如让我把舞台设计的想法整理出来,提前一天来帮忙布置,等等。他担心得不得了。但是森本,我可不是你的下属。不过,如果我是能当面说这种话的性格,那么从一开始我就不会掺和进来。

原本说好的充裕预算,实际上几乎都用在了当地电视台的节目制作和抢档上。当天进行现场采访,并作为本地资讯栏目的特别报道播出,就将花光几乎所有的预算。

现在想来,大概是因为没有可用的预算才找上我们的吧,就是让我们充当身强力壮的"志愿者"了。不,因为我并不情愿,所以连"志愿者"都算不上。

连休前一天，我设法提早完成工作，避开上司冰冷的视线，乘上了回老家的新干线。一想到第二天的活动，我的心情就很沉重，就这样终于到了老家的车站。此时，时钟的指针已经转过了晚上 10 点。

　　我虽然很想就此睡一觉，但又因为承担了这场毫无意义的活动而产生了一种类似罪恶感的心情，所以实在不想直接回家。当初我回老家的目的，本是处理老家的店铺，但这最重要的事却几乎没有进展。为什么自己总是分不清主次呢？

　　以前回老家的时候有一家想去的酒吧。上次喝酒的时候，商工会的山田说，有个以前的同学在当地开了几家人气很高的店。那家酒吧就名列其中。我在谷歌地图上搜索了一下位置，走到那家店所在的地方……但我盯着手机来回跑了好几趟，却怎么也找不到像是酒吧的建筑。地图显示的大概位置，是小巷里的一幢两层楼的老旧木结构建筑，入口的门上只有一扇小小的磨砂玻璃窗。里面虽然亮着灯，但完全看不清。这样的店，让人难以踏入。

　　正当我在门口附近徘徊的时候，一个陌生的年轻女子独自推门走了进去。看到年轻女子独自进去，我多少放心了些，战战兢兢地推开门，结果一堵墙出现在眼前。我再次不知所措，只好爬上右手边的楼梯。爬上楼梯顶，视野突然开阔了。整家店是挑空的，天花板上有一个巨大的换气扇，下面可以看到长长的吧台。与废墟般的商业街截然不同，这家店宾客如云，大家举杯谈笑，十分热闹。

第1章 欢迎来到"卷帘门大街"

这样的店,竟然开在地方城市的小巷里,真是让人吃惊。

虽说是酒吧,但餐食种类也很丰富,很多人都是第二场酒局聚在这里喝酒的。这里的年轻人很多,这让我更加意外。因为这座城市不仅白天行人少得可怜,年轻人更是难得一见。

但是,据山田说,这家店虽然生意兴隆,但在"当地"的评价却不太好。商工会的会长抱怨说,"那家店的店主我行我素,根本不听我们的。""完全不参与地方活动。"如此看来,店铺对顾客的吸引力和周遭的评价毫无关系。

地方的主干路商铺都有管理处,每个月要支付加盟费,如果有拱廊和路灯,还要支付维护费。房东们也都很自大,身上还残留着过去的那种"这是我们城里的黄金地段"的自尊心。相反,小巷里没有麻烦的加盟费和应酬,房租也便宜。最近,小巷的氛围被重新定义为"有味道",与过去相比,主干路和小巷的地位似乎发生了逆转①。不过在生意难做的地方城市,生意兴隆的店铺会遭到嫉妒,被人指指点点。

就像一直待在当地的山田说的那样,"在地方,没有比哪个人是好人还是坏人更没用的信息了。"

我一个人在吧台坐下。

"晚上好先生,请问,您是濑户先生吗?"

一个酒保模样的男人从里面走出来,突然叫了我的名字。

---

① 在以私家车为主要交通工具的地方城市,靠门前的行人做生意的店铺几乎都倒闭了。相反,店铺即使是在人迹罕至的小巷里或是山上,只要能吸引顾客,提供优质服务,就能经营下去。与物质匮乏的时代不同,现在已经不能只靠路过店门口的人偶尔光顾来维持生意,而是需要顾客特地光顾才能维持下去。

昏暗的店内，即使借着吧台上的烛光仔细打量，我也没看清这个人是谁。

"嗯，是的。"我疑惑地回答。听到这，对方的语气大变，

"啊，果然是濑户！我是佐田，不记得了吗？"他那富有特色的关西腔，让我立刻就想起来了。

"咦？是佐田吗？这是你开的店吗？"

经营这家店的人叫佐田隆二，是我以前的同学。从高中时开始，就是班上的"中心人物"，因为不听话被老师视为麻烦的家伙，也就是我们所说的"不良少年"。他性格豪爽，但却喜欢照顾人，所以很受低年级学生的仰慕。即便如此，我也没想到他开了一家如此生意兴隆的酒吧，我的意外溢于言表。我从前就很害怕他在出生地大阪学到的关西腔。

"好、好久不见啊。"

因为佐田还是以前那副可怕形象，所以我比平时更加战战兢兢，声音也变小了。

"哎呀，我每周都有几天在店里。刚才进来的时候，我一看，这不是濑户嘛。哎，真是好久不见了。有几年了？毕业以后就没见吧。说起来，以前高中的时候没少指使你去买面包这些呢。虽然晚了，不过还是要跟你说声抱歉啊。"

虽然佐田嘴上说着抱歉，但脸上完全是笑容。我当然没有忘记，经常被"不良少年"佐田派去跑腿。

佐田接着说："我注意到店里进来一个战战兢兢的家伙，加上听说你最近经常回来，就想着该不会是你吧。都这个年纪了，进酒吧前还在门口扭扭捏捏的，濑户你还真是一点儿没变啊。"

第1章 欢迎来到"卷帘门大街"

"不、不,我不知道是不是这里,所以……"

我觉得解释起来反而很难为情,只好闭上嘴,点了酒喝。因为我不太懂,就随便点了一杯知道名字的鸡尾酒。

"你怎么表情这么沉重?是发生什么事了吗?"佐田问我。

"你、你怎么知道?"

"我做这种生意,经常跟客人打交道。光看表情就知道了。"

虽然不知道他说的是真是假,但我心情确实不好。明天的活动让我头疼,为了散心特地来喝一杯。

"别提了,这次我被拜托在本地的商业活动上帮忙。森本君不是在市政府嘛。我当时好像着了魔,参加了一个以酒局为名的碰头会,被他拜托后就没能拒绝。唉,就是帮忙打下手的。"我答道。

"哈哈,果然是濑户的风格啊。你以前经常会被卷入各种各样的事情不是吗?还为此大为烦恼呢。大家确实都很喜欢找你帮忙呢。"佐田笑着说。

"不过话说回来,那种活动就算做了也不能振兴地方。其他人都找个借口推脱了。那样的活动在这个城市太多了。从春天到秋天,每个周末都有各种名目的活动。老实说,跟那群人混在一起,店铺都得倒闭。"

我被佐田的话震慑住了,听得入神。佐田将手中的玻璃杯放在灯光下,一边擦拭着杯子,一边平静地继续说。

"说实话,我从未听过把人聚在一起,除掉政府预算还能赚钱的活动策划。如果要赚钱,还得店主自己做。政府拨款根本行不通。不自己掏腰包,就不会好好做。大家拿出时间来做不赚钱的事，别说是振兴了，根本就是倒退。所以，一切政府拨款举办的活动，我是一概不参加的。"

我也是这样想的。但是，我既没有佐田那样的自信，也没有把想法当场表达出来的能力。我越发感到难为情，想到明天的活动便更加郁闷了。

"濑户，你是为了处理自家店铺才回来的吧。你家后院那么好，太可惜了。"

"没有的事，只是个破房子罢了。"

我苦笑着回应。但佐田却反驳道：

"不不不，没有的事。我这家店的前身可是更破败呢。10年都没人管，再放置一段时间估计屋顶都得塌了。我家原本就是做酒馆的，有个客户恰好是这儿的房东，所以就过来问我们要不要租下这里。"

佐田高中毕业后，虽然成绩并不差，却连大学都没上，而是去了东京一家餐饮企业上班。他家境并不贫寒，学习也不错，却早早地开始工作，着实让我很吃惊。

"大概是我从东京回到这里第三年的时候，我开了这家店。那时我将家里的酒馆改成现代风格，开始盈利，然后就想着开第二家店。恰巧这里的房东找上门来，因为房租便宜，每月只要3万日元，我就决定租下这里了。"

听到这里，我真不敢相信，如此破败的房子竟能变成宾客如云、生意火爆的酒吧。

"听起来就像变魔术一样。不过，如此破败的房子，装修得花不少钱吧？"

第 1 章 欢迎来到"卷帘门大街"

"装修是我和朋友做的。这家店从租下来到开业花了 3 年时间。因为那时开着第一家店,所以都是在工作结束后或休息日做装修。周边居民常常过来问什么时候开业,还有人特意带来了茶水。正因如此,我在后院加盖了一间小屋,开了咖啡馆和白天营业的小店。这样,周边居民也更容易光顾。"

"你真厉害,还能自己动手装修。"我不禁感叹道。

"我高中毕业之后就去了东京,在父亲朋友的一家做餐饮的公司工作。上班第一天,我就被公司老板带到了一家倒闭的酒馆门前,说要在这里开一家店,新店的装修要我们自己做。虽然自己装修是那家公司的优势,但我那时想,开什么玩笑,让一个刚高中毕业的小孩做装修吗?老板说完后,就几乎再没露过面。所以我和老员工们每天工作之余都在做装修。真是无语了。不过,装修了几家店后,我发现连自己都能开店了。"佐田淡淡地说道。

当我在大学里每日忙着打工和参加社团时,佐田竟经历了这些。

"可是,在这样的城市里,小店的商户是怎么招来的?"

"我利用原来酒馆前面的小巷,每月开一个小小的'集市'①。每次会有 30 多个人来卖东西,这些人之前都是在家做

---

① 租店面开店,前期投资和运营成本很高。因此,很多地方政府向新开店的商户提供房租和装修费用的补贴,但如果长期不盈利,也只会倒闭。从明治大正时期到昭和初期,大家都是先摆路边摊,或是从学徒做起慢慢累积客源,在有了稳定客源的基础上,再开店铺,这是做生意的根本。因此,合理的做法是在开店之前先抓住一定的顾客,待销售额扩大到可以负担固定费用时,再开实体店。

手工艺品在网上卖。他们中的一些人除了网上销售，还想开实体店。我就是从那些人里面选出来的小店商户。"佐田答道。

原来还可以这样做。但我依然没有打消疑问，

"可是，前几天碰头会的时候，森本明明说，没人想在这座小城开店，所以空置商铺问题怎样都解决不了。"

"那只是他们的思想误区罢了。很多人都想开店。大家都说这座小城里没人想开店，其实应该做的是站在想开店的人的角度，努力让他们想要选择这座城市，这条商业街，这条小巷。最终开店的时候才会知道这里是否赚钱。总之不管是政府牵头还是什么，只要赚钱，那么来这里开店的人就会越来越多。与其搞莫名其妙的消化预算的活动，用政府补助金装修店面，还不如先创造赚钱的机会。"

"原来如此。不是商家自己要不要入驻的问题，而是一定要招揽商家啊。"

佐田的话充满了实干家的说服力，我被折服了。只是这些做法远远超出了我的认知，听起来就像魔法一样。

"所以说，你家就算关门歇业了，也好好考虑下如何使用那处房子吧。毕竟现在建筑的价值为零①，拆除还要花钱，银行会问你要不要把土地卖掉以确保资金偿还贷款。"

被佐田说中了。因为忙于明天的活动，店铺的处理迟迟没

---

① 无价值的房屋被闲置有几个原因。首先，即使花钱拆除，土地也无法以超过拆除费的价格出售。如果作为住宅使用，还可以适用较便宜的固定资产税，但如果是空地，税金则会上调。因此，对于无须马上出售或出租也能维持生活的人来说，闲置房屋是更好的选择，于是导致闲置房屋不断增加。最近在日本，放弃继承权、使用权或所有者不明的房屋越来越多。

有进展。就像佐田说的那样，客户那边的金融机构正跟我们商讨如何处理资产，以确保有足够的资金偿还借款。

"我劝你不要按照银行说的去做，而是利用能用的东西去赚钱。今天很晚了，下次我们出去边喝边聊。"

高中毕业后，佐田选择了与我们不同的道路，不是舒适地待在大学，而是在社会的大风大浪中历练，赚钱自立。我还想和他多聊聊。

"谢、谢谢。要是佐田君能给我出出主意，那就太好了。不知道你明天晚上有没有空呢？"

"哦，没问题。到时我联系你。"

佐田递过来的名片背面，列着五家分店的 Logo。都是距离这里路程不到 1 小时的地方。我们在吧台说话的时候，已经有好几个客人过来搭话了。想必佐田很重视跟客人的交流，对店内的情况也了如指掌吧。

原本有些可怕的佐田，整个人变得柔和多了，而且有着超出同龄人的自信。听了佐田的话，让我觉得事情的关键是去做。抱怨条件不好什么都做不成，只是不愁衣食的人的借口。

等距离排列的路灯周围都是成群的飞虫。那天，我在夜风的吹拂下，沿着小巷往家走。从佐田的店出来，照例从后门回家，但此时竟有了与平时完全不同的感觉。原本以为只是个破房子的家，说不定也有新的可能性。

关店，处理掉所有物品，这样做真的对吗？我开始觉得自己正在犯一个巨大的错误。

> 专栏 1-1

"人才"无处不在

在地方振兴中，常会听到"地方没有人才"的声音。但实际上，地方城市的很多餐饮店经营者都是以小成本起家，将旧建筑改造成富有魅力的店铺空间，广泛招揽人才，利用杠杆，最终实现盈利。在门槛低、竞争激烈的环境中实现盈利的人，无疑都是看好地方市场前景的未来驱动者。如果商品或服务足够吸引人，即使地方城市的人口减少，还是会有人不远千里来到这里。整座城市就有可能创造出新的机遇。

那些承担投资风险最终大获成功的店铺，虽然拥有独特的经营理念，但经营者往往个性鲜明，我行我素，不会顾及以往经验或是"和睦"。正因如此，地方决策委员会中看不到他们的身影，在当地的商工会中也是"透明"的存在。结果就如开头所述，明明有能力很强的年轻经营者，但当地的大人物们却总叹息"地方没有人才"。有些人一边将地方的经济衰退都归咎于东京和永旺（日本大型购物中心），一边畅快地拿着政府的补助金。对于他们来说，那些主张"地方也能有超越购物中心的店铺"的人无疑是不受欢迎的。因为那些人让他们必须面对一个事实，就是责任不在地方，而在自己。

近年来，这些不拘泥于既得权益，也不指望扶持，以独特的理念和人格魅力吸引顾客的餐饮店经营者越来越多，并逐渐改变着地方。不管当地的大人物们说什么，都做好该做的事，在困难重重的地方城市打开市场，获得成功。正是佐田这样的人才，才是开拓地方未来的"中坚力量"。

> 专栏 1-2

资金外流导致地方走向衰退

随着人口的减少,似乎很容易认为地方衰退不可避免。但如果把城市比作一家公司,其根本原因还是在于"经营不善"。

首先,从资产负债表的角度来看,地方城市中坐拥一定资产的人并不热衷于经营。通过投资和融资形成资本,并利用资本创造利润这一基本的"资本流动"停滞了。例如,地方的房屋所有者们手里的钱,往往可以维持当下的生活,所以无须费功夫将房屋用于经营或是租赁,房屋就这样遭到闲置。

根据日本国土交通省实施的"2014 年闲置房屋情况调查",在房屋闲置的理由中,37.7%的人回答"因为不需要以此生活"。资金要流动,资产要使用才有价值,但资产所有者无须做这些事也能维持生计,所以对经营并不积极。

其次,地方城市中还存续着在 P/L 上持续收支不平衡的项目。将地方视为一个公司时,来自"外部"的收入是什么?有的地方,养老金是最大的收入来源;有的地方,大半的收入来自国家的拨款和补助金。可怕的是,像这样每年发放的拨款,在地方产生了很多"吃钱的项目",而不是"赚钱的项目"。结果形成了正因为是"不赚钱的项目"才需要国家补助的扭曲风气,甚至努力扩大赤字以获得更多补助,这些做法就像"穷爸爸"一样。

有资本却不想创造利润,想尽办法扩大赤字以获得更多的国家补助。正因如此,地方才会走向衰退。

第 2 章

孤军奋战的觉悟

政府预料之外　自力更生的私营店铺

"接下来，请市长致开幕词。"

主持人的话音刚落，市长站到台上，开始致辞。

活动当天不巧下起了雨。当地电视台如约前来采访，当地的偶像组合也在各个店铺巡回表演。

摆放着折叠椅的休息区里，只有稀稀拉拉几个人。中午的时候，人稍微多了一些，都是来品尝平价美食的。大概是因为附近居民已经厌倦了类似的活动，客流量并未达到预期。会场里更多的是卖力宣传的政府职员，气氛十分混乱。新开发的平价美食由于制作方法还不熟练，人手也不足，等待时间很长。加上对销量预计不足，没有准备足够的食材，下午2点左右就售罄了。本应持续到傍晚的活动，到这里就几乎没有客人了。

"……来的人比预期的少太多了。"

森本脸色铁青，到最后都在给熟人打电话拜托他们前来。但今天是连休，大家早就有各自的安排了。举办方也清楚，如果吃的东西都没有了，就不会再有人来参加这个毫无意义的活动了。花费了大半预算的电视采访已经结束，在淅淅沥沥的雨中，只剩下安静的时间。只有在租赁费用极高、由政府职员轮流扮演的城市吉祥物周围，稀稀拉拉地聚集着几个孩子。

一股徒劳感向我袭来。被莫名其妙卷进来，现在又为连客人都没有的活动收尾,我的心情久久难以平复。佐田的店不用政府预算,用自己的资金招揽了大量客人,相较之下,这个活动花了这么多纳税人的钱仍无法吸引客人。哪一个才是这座城市所需要的一目了然。

"我不是说了吗?还是把预期客流量定得少一点儿!事到如今,你们打算怎么收场?!"

部长对课长使了个眼色,让他解释一下。

森本恐怕心里也没底。活动后的反省会,连我也以观察员的身份被拉了进来。政府的高层领导巡视情况后,把森本这些现场的负责人召集起来,大为恼火。现场气氛令人坐立不安。

市长精心策划的活动,连严格预估的客流量都没达成。虽然即便达成,也依然是一场亏损严重的活动,但以部长为首的政府官员们似乎对当初的预期客流量十分敏感。

"不过我们已经在电视上报道过了,如果加上广告宣传效果的话,应该也算取得了不错的成果。"

听到森本如此解释,课长瞬间涨红了脸,勃然大怒。

"你说什么呢!你不是说这种揽客方式一定没问题吗?旁边城市的活动来了3万人,我们这儿连3万人都没到,市长的面子都让你们给丢尽了!像我们这样的城市定居人口减少,只能想办法增加流动人口,所以才举办活动想要增加一日游的游客,达到预期的客流量可是头等大事。这个活动和旅游政策是联动的,市长也一直在强调这一点,难道你不知道吗?部长说的一点儿没错。要是预期客流量设定得少一些,就不会变成这样

第 2 章 孤军奋战的觉悟

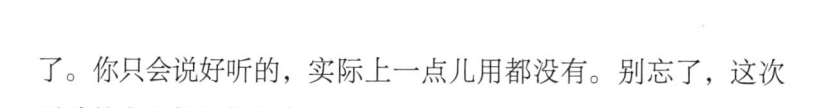

了。你只会说好听的,实际上一点儿用都没有。别忘了,这次活动的失败都是你的责任!"

即使是自己人,也会被骂得很惨。领导把所有责任都推给部下的样子,让我仿佛看到了我们公司。无论是非营利的行政机构,还是利益当先的公司企业都一样。功劳是上司的,失败则是下属的错。表面上为地方服务的政府机关,努力动员志愿者,最后却连志愿服务的价值都榨干了。若无其事地互相推卸责任,全然不顾善意参与进来的我还在场,不禁让人尴尬。

这个活动是由一群没有默契的成员在毫无准备的情况下组织的。预算、分配等一切都已确定,我能做的微乎其微,只能说我对这种仅依靠志愿者活动的期待太多了。

这种时候只能保持沉默。幸运的是我坐在最边上的座位,离出口很近。因为我不是什么牵头人,所以在部长反复训话的时候,我装作有电话打来,悄悄地离开了座位。森本目不转睛地盯着我,但我在心里默念"对不起,你不是受害者,而是始作俑者之一",然后便起身离开了。

再这样下去,就像佐田所说,地方经济不仅得不到振兴,反而会倒退。今晚约好了和佐田一起喝酒。虽然我内心还无法抹去佐田在高中时的可怕印象,但跟这个活动相比,我更感兴趣佐田是怎样在本地拓展事业的。

佐田让我来的是他经营的另一家店。这家餐厅的建筑曾是本地的一家银行,十分坚固。走进店里,已经坐满了客人。这个地方对于郁闷的我来说,有些过于隆重了。

"生意这么好,真厉害呀。白天的活动会场跟这里一比,简直可笑。"我说道。

这里有着完全不同于这座城市的繁荣景象。

"这家店是一年前开业的,那时这儿已经没几家好吃的餐厅了。所以我就想自己开一家,但总找不到好的主厨。直到有一天,我碰到了一位在东京餐厅工作的主厨,他也是我们家乡人,碰巧也想独立开店,我就邀请他一同开了这家店。"佐田回答。

这一带确实有不少曾经的"好店"都倒闭了[1]。

佐田接着说道:"在我们这样的小城市,谁在哪里什么时候吃了什么饭,开了什么红酒,马上就会被别人知道。有的本地富豪还遇到过敲诈呢。因为谁都知道'这个人有钱',所以有的店对这些人不按市价收费,而是按'人'要高价。不少富豪都讨厌这种没有隐私的生活,所以特地去东京消费。在东京没有人关心谁在哪里吃了什么,而且有钱人很多,花钱也不会引人注目。"

"可这家店为什么生意这么好呢?我们这儿高消费的店几乎都没有了,还能有你们这样的店,总觉得有些格格不入。"我说出心中的疑问。

这种店通常只有在人多的地方才能存活下去,除非是大城市,否则很难。

---

[1] 由于交际应酬费的收紧,在当地花钱的权贵和公款吃喝也随之减少。而随着地方富豪减少,大手大脚花钱太过引人注目,因此富豪们极少在当地消费。这也成了众多店铺倒闭的原因之一。

第2章 孤军奋战的觉悟

"客人都是本地人吗?"我问道。

环顾四周,一个熟人都没有。明明是同一座城市,却和白天的活动会场截然不同。这里的客人像是从别的城市过来的。

"只要有美食或是其他目的,人们就能开车1小时,去30公里以外的地方。市町村只是行政上的区分,人们可以轻易跨越都道府县。话虽如此,客人中的六成左右还是本地的客人。但反过来说,有四成的客人是特地从外地开车来这儿的。而且以前我们都说正因为好店消失了,机会才会来。虽说这附近想偶尔去高档餐厅吃饭的客人减少了,但也不是没有。"佐田解释道。

我总认为城市是固定的,但那只是我的错觉。随着人们的移动,"城市"经常发生变化。白天活动时看到的是这座城市,现在这家店所在的也是这座城市。店内来回走动的服务员都很机灵,从为客人点单的方式开始就让人很舒服。

"服务员态度都很好啊。这么好的店员是怎样招来的?"

"大家都以为我们家生意很好,所以不断开店。但实际上,在这里我们尽量不乱开店,开新店的时候,我们会选择关闭一家店铺①,并暂时把员工调到别的店去工作,等新店开业后再把他们召集回来,对于好的员工我们绝对不放手。"佐田回答。

佐田竟如此深谋远虑。我切身感受到了佐田这样的民营企

---

① 店铺数量增加,就会产生中间成本,各家店长对兼职员工的管理也需要格外上心。 特别是在人才紧缺的今天,要招到好店员更是难上加难。很多店铺都因盲目扩张而倒闭。因此,控制店铺数量,选拔优秀店员,同时经常改变店铺形态才是合理的做法。

业家与在活动中打过交道的政府官员之间的差别。虽然身处同一座城市，却截然不同。

我有些难为情，但还是把今天白天发生的事和盘托出。

"那个……突然讲一些不愉快的事，真是抱歉。今天的活动，正如你所说，毫无意义。大家还都耗费了时间，真的是'负意义'。自己帮了一点小忙都觉得不值得。"

看着阴沉着脸说话的我，佐田笑了。

"是那样的。我也想起以前自己参与活动时的悲惨回忆了。所以从那以后，我就决定不再参与了。今天你明白了这点就算有收获，以后不参与就行了。"

确实如佐田所说。佐田收起笑容，继续说道。

"所以我才开了这家店，为了这家店的食材，我和农户签了合同。然后租下土地，让他们来种植农作物。假设我们每个月花50万日元买下农作物，那么本地一年就多了600万日元的资金流动①。我们的店也会因此受益。自己在地方创业，就要想着地方。如果我们平时就用本地人的产品，哪天心情好了，农户也会光顾我们的店。农家大叔也不总是喝日本酒、烧酒，偶尔也想喝点儿红酒呢！"

---

① 在地方城市的车站前新建大厦、商业街、购物中心，会使城市变美，但最终利润还是会回到位于大城市的公司总部。总部再将钱投资到更赚钱的其他城市。只要当地的店铺、企业发展不好，利润就会被其他某个地区拿走。重要的是看清地方的经济结构，致力于能让资金流动，并能留下资金的产业。如果将城市比作一个公司，就必须具备"三位一体"的思维方式：（1）从其他地方获取人力、物力、财力；（2）扩大地方贸易；（3）防止人力、物力、财力的流失。

"原来如此,比起举办活动,你那样做更能帮助本地。"

这不是客套话,而是我发自内心地佩服。

"比方说,为了开发这家店的菜单,我们会和合作的农户共同讨论,让他们种一些在其他地方没有的特殊品种,比如适合做汤的萝卜,或是加热后味道鲜美的莴苣等。普通超市里的蔬菜都是可以较长时间储存,不容易碰伤的品种,而我们这里使用的很多蔬菜即使不易保存,容易碰伤,但只要符合我们的菜品就可以。这现在也成为了我们店的特色,很受客人们的欢迎。其实地方城市的餐厅有独特的优势,就是距离食材的产地很近。根本不需要搞什么平价美食。自产自销的本地餐厅很少,所以当初我就打算开一家这样的餐厅。刚开业的时候,这里很多人都说开不了几天就得关门。呵呵。"佐田笑着说。

换作是我听到这样的话,可能早就担心地放弃了。但佐田只是笑着,看似什么都不在乎,实际上却比任何人想得都多。所以他所有的挑战最终都获得了成功。最重要的是,性格开朗的佐田周围聚集着优秀的合作伙伴[1]。比起阴郁的人,一定是开朗的人更有吸引力。虽然原本我觉得他很可怕,但听了他今天的话,我觉得比起可怕应该说他十分可靠。

---

[1] 地方振兴的成败也取决于能否找到积极、开朗、意志坚定的合作伙伴。我判断一个地方是否适合创业的标准是"能否和当地的优秀经营者拉近关系"。我会在当地打听有品位的人去的、生意好的店铺,然后去那里和经营者聊天。如果能够聊得来,那么当地的机会就有很多。因为好的店铺会吸引很多好的客人,而这些客人口口相传吸引来的也是好的客人。这样的店铺周围还会聚集志同道合的经营者。在地方的企业、店铺经营中,这种人脉资本的积累十分重要。

"对了，昨天聊到一半，我说你们家要关店的话，要不要用你们家的房子一起创业？"这个提议太过突然，我喝到嘴里的红酒差点儿喷出来。

"嗯？用、用我们家房子？"

"是呀。我之前不是说了嘛。你们家就那样拆掉的话，太可惜了。把看起来有点简陋的外墙拆掉，里面的结构还是很漂亮的，还有后院，好好利用一下，一定能开家不错的店。碰巧我有几个朋友正在找写字间，将二楼改造成写字间出租，运转起来应该不成问题吧。"

我已经完全跟不上话题的节奏了。但我觉得和佐田一起一定能做出些什么。更准确地说，我有一种想要试试看的想法。可问题是，我已经和银行说了要拆房子出售土地的事，而且正式商谈就在明天。极大的落差将我拉回现实，让我再次陷入了烦恼。

来自银行的嘲笑

"再怎么说,也不能随便改变计划啊。"

带头的银行负责人面露难色。本来商量着要把土地卖掉,把之前的贷款都还清,现在又突然说不卖了,要把房子租给别人,我也知道这是天方夜谭。

"如果那样的话,濑户先生,如果没有办法用'别的方式'偿还之前的贷款,那我们银行是绝对无法接受的啊。"银行负责人继续说道。

昨晚,佐田向我提起了"老家旧房屋改造计划"。虽然当时完全出乎我的意料,但经过一晚的斟酌得出的结论是,如果没有尝试就把老房子拆了,我恐怕会后悔一辈子。

"嗯……具体细节还需要再考虑。目前的想法是将公寓出售,用于偿还贷款。然后将现有的房屋加以改造并出租,这样的话,虽然与当初拆除房屋出售土地、保留公寓的计划有所出入,但我认为也不是不可行。"

面对说话毫无自信的我,银行负责人一边敲打着文件,一边用更强硬的口吻说道:

"但此前的计划已经得到上头的同意了,突然变更的话,我们也很难办呀。而且还是这种不知道能否做成的生意。就算能做成,也赚不到什么钱吧。我们这边就再等一等,下个月前还请确定一下处理方案。不过濑户先生，你不住在当地可能有所不知，我们这里要是能轻易找到租户的话，大家都不用这样劳心费力了。"

他大概是想说，那种计划怎么可能成功，你这个笨蛋。说实话，我也不知道能不能做到。但是，知道了佐田在这座城市取得的成功后，我也涌起了想要挑战一下的念头。

银行负责人仍不放弃，接着说道："关于资产出售我们已经找了熟悉的房地产中介，估价单都做好了。你这边如果变更计划的话，会给多方面带去麻烦。不要我行我素，多参考周围人的意见再决定吧。"

幸运的是，公寓虽然只有 8 个房间，但已经有 6 个住满了。建设所花费的贷款已经全部还清，利润也相当可观。昨晚跟佐田商量过，他说正因为是小型公寓，所以应该有人愿意接手。银行并没有为我们的生活和今后考虑。他们所考虑的，只是用简单粗暴的方式，快速回收贷款而已。

现在的问题是，是否能从旧房屋改造后的事业中赚到超出公寓收益的钱。外面还有很多空着的店铺，也不是说我家的老房子有多漂亮。虽然佐田很成功，但用我家的老房子也能获得成功吗？

回到东京后，我觉得在老家发生的事情仿佛是一场遥远的梦。

即使在处理公司的日常业务时，一有空闲，就会考虑如何利用老家的房子。之前买的有关歇业清算的书上面，放着关于餐饮店经营和房产经营的书。我又翻看了各种美食杂志,其中有不少特辑都是关于东京小巷里的名店。在东京,比起大而高档的餐厅,小巷里由住宅改造而成的隐秘餐厅有时更受欢迎。地方的流行趋势和东京是一样的[①]。

周三我提前结束了工作,决定去谷根千的小巷转一转,我一直很想去那里看看。

根据杂志上的介绍,那里的老街区里,木造建筑林立,有品位的店铺排成一排。从公司所在的新桥站乘山手线,一反往常回品川的方向,直奔日暮里站。这是我平时绝对不会下车的车站。出了日暮里车站,走一小段上坡路,陡然便是向下的台阶。眼前的景象竟与高楼林立的东京相去甚远。这里更像是过去小城市的街道。下了台阶进入商业街,道路宽度适中,小店鳞次栉比。路宽竟与老家的小巷一般。拿着杂志走进小巷,突然变成了安静的住宅区。在住宅区的正中央是由旧建筑改造成的咖啡馆和画廊。

"这样的住宅区,会有外来的客人吗?"我心中不禁怀疑。

光是闲逛就有很多发现。

往上野方向走,大概因为临近艺术大学的缘故,画廊多了起来,一家看起来历史悠久的店铺十分显眼。在一个小角落

[①] 近年来,小巷和老旧街区一改已往脏兮兮的印象而获得年轻一代的追捧。与连锁的居酒屋相比,当地的特色店铺更受欢迎。例如东京23区内的谷根千、大阪市的里难波、福冈市的小吃摊等都是其中的典范。新开发的高楼大厦因为租金高昂,因此入驻的都是随处可见的连锁店铺,但小巷租金低廉并独具特色,更容易聚集当地的店铺,能为客人提供多种不同的体验。

里，大约有 3 栋经过改造的建筑，通过庭院连接在一起。我正想着为什么有人在排队，原来是一家精酿啤酒屋。东京最近也多了很多家这样的店。走了这么远，我喉咙干涩，无论如何都想喝一杯，于是排队点了啤酒和小菜，没想到上菜很快，炸火腿真是最棒的下酒菜。

我吃完走到外面，在树旁的长椅上坐下。有大口大口喝着波子汽水①的孩子，也有独自喝着啤酒的大叔。虽然一点也不新鲜，但这样的空间不仅在大城市里难得一见，小的地方城市也不多见了。这样的空间，在时代的轮回中变得弥足珍贵。

"嗯？那里跟我家好像……"

偶然在小巷里遇到的那栋房子，跟我的老家十分相似。虽然并非古色古香的榉木造房子，但有后院，种着一棵榉树。后院没有围墙，向道路延伸，完全开放。一楼是餐厅和咖啡馆，二楼是小型饰品店和进口橄榄油店铺。与道路相连的后院变成了一个迷你公园，很多人在那里乘凉、聊天。这栋不起眼的木造建筑，在一条不起眼的小巷里，却显得生气勃勃。

我一直以为家乡的老房子只是一栋陈旧、平平无奇的普通房子。但是祖父和父亲都曾在那里做过生意。虽没有引人注目的地方，但有一种勤勤恳恳做生意才会留下的气息。即使是老旧的普通木结构，只要使用得当，或许它能变成你想要的样子。

不是不能焕发新生。只是我从未想过那么做而已。佐田对我家老房子未来的想法，或许不仅仅是灵机一动，而是有着更

---

① 日本极受欢迎的碳酸饮料。使用一颗玻璃珠封口，瓶颈两侧凹入的特殊包装方式。——译者注

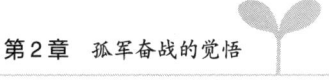

深层的意图。我对此越来越感兴趣了。

我拿出手机联系了佐田。
"前几天你说的事,虽然有些麻烦,但我还是想试试看。"
我很快就得到了回复。
"太好了,那就开始规划吧。"
"对了,我可以去你们举办的每月一次的小集市帮忙吗?"
"当然可以。我给你介绍朋友,还有想开店的人,我都介绍给你。"
"银行那边说我这样做根本行不通。说实话,我没做过生意,也没什么自信……不过,我今天逛了下东京的小巷,没想到发现了跟我家老房子很相似的房子改造成的店铺,我也想试一试。我不想将来后悔。"
与我的小声小气形成鲜明对比,佐田大声笑着对我说:
"濑户,你今后想做什么就开开心心地去做。现在是最开心的。店铺开起来了可就辛苦了。畅想做这个好,还是做那个好,不是很开心吗?银行积极劝你做的事才更危险呢。在我们这种小城市里,但凡说要创业,就会有人出来反对①。你信任银行还是我?比起做什么,跟谁做更重要。"

---

① 在经济衰退的城市里创业,没有人不担心,有时甚至会遭到周围人的反对。这时有人会听取各方的意见,但多数情况下,当你四处打听不相干的人的意见时,听到的往往是负面的意见,导致你最终放弃。没人知道创业会成功还是失败。即使去问那些既不会投资或融资给你,也不会帮助你创业的当地大人物,他们也只是根据自己的经验和感觉提出意见而已。不要因为担心,就将别人的意见当作定心丸,你只能自己下定决心放手一搏。

比起享乐,我更常常感到不安。烦恼的时候什么都自己扛着,结果往往不尽人意。在工作上也是,明明做不到的事,却总要一个人承担,最后难免失败得一塌糊涂。

看了看表,已是凌晨 3 点。我一个人坐在家里电脑前,制作着明天公司内部的演示资料。这么晚了,我究竟在干吗?

为了调节下心情,我看了看还没做完的老房子改造计划的资料。

我究竟想做什么?到了这个年纪,我并没有真正做自己想做的事。力所能及地学习,在老师说"可以考上"的学校范围内挑选学校,进入拿到内定的公司,都不是自己的意愿,而是随波逐流。但老房子改造另当别论。虽然开始是佐田的提议,但最终怎么做,还得由我来决定。

远处传来摩托车飞驰的声音,大概是送报纸的人吧。我伸了个懒腰,又转向电脑。因为在意老房子的事,工作的演示资料完全没有进展。

虽然在早已习惯的日常生活里不会去想,但我对现在工作的疑虑①越来越大。父亲去世时 55 岁,如果同岁去世,那我只剩 20 多年的人生。今天做的事情真的有意义吗?这是我想做的事吗?

我望着泛起鱼肚白的天空,深深地叹了口气。

---

① "莫名的担心"会不断累积、膨胀,只要不明确担心的源头就无法解决。担心的源头是收入还是工作的充实程度?如果不满足现有的收入,可以在现有工作的基础上,力所能及地开始新的工作,当新工作的收入达到一定水平时,再进行更大的挑战。如果不去追究原因,对这种莫名的担心置之不理,情况只能不断恶化。明确问题是解决问题的突破口。

从"倒算"开始

"这是后院,这里有一间小屋,这是主屋。嗯……如果可以的话,我想能不能把这里建成一个让这个地区热闹起来的中心……"

我通过投影仪播放制作好的资料,并向在佐田他们主办的"小集市"上开店的 30 多个商户进行讲解。之所以会突然做出这件事,是因为我对佐田说,"不知道会不会有人来我家开店。"佐田说试试不就知道了吗,本来只是帮忙的,却变成了在集市结束的庆功宴前,向商户们说明我家老房子的改造计划。几乎还什么都没确定,正当我战战兢兢地讲解时,一个商户举起手开始提问:

"濑户先生,房子多少钱能租到?"

"因为装修费用还不确定,所以房租等细节出来以后才能确定……"

"店铺的装修是濑户先生负责吗?租户自己需要做什么呢?"

"呃,这个……这个也不好说。"

"哈哈,那不是什么都还不确定吗?"

全场哄堂大笑,我顿时羞红了脸。接下来,我还被问了一个又一个的问题,但我只有一个大概的想法,所以每个问题都只能回答"有待商榷"。还有很多问题被提起后我才意识到,我只能难为情地低下了头。

"好了好了,今天是我拜托濑户来做说明的。所以还什么都没有确定。不过,大家起码知道了我们有新的场所可用。这个家伙没有把老房子拆掉,而是想要用它来做点什么。以后会向大家详细说明的,拜托大家了!"

在我被"围攻"的时候,佐田像往常一样一边笑着,一边帮我解了围。

"等下次有机会,大家一起去濑户家实地考察吧。那里绝对会是一个非常好的地方。我这么说就一定没错。今天大家都辛苦了!"

"干杯!"

干杯过后,几个商户还提出想看老房子的照片。确实有人对我家的老房子感兴趣,我越发自信起来。关于集市,大家都在讨论今天的销售额有多少,下次要在哪里多下功夫,等等,我听到的都是积极的声音。果然佐田周围的人也都很积极开朗。就像佐田说的那样,做什么固然重要,但和谁一起做更重要。

两个多小时后,大家都三三两两地回去了,毕竟从一大早就开始工作了。佐田一边忙着收拾一边对帮忙的我说:

"濑户啊,你为什么不事先和我商量一下呢?全都一个人扛着,准备充分的话,就不会像今天这样了。你没做过,所以不明白也在情理之中,你问我不就行了?"

"我也知道。不过你好像很忙,所以我不好意思找你商量……但是，反而给你添麻烦了。真是抱歉。"

"时间不多了，所以要赶快决定。我们还得向银行说明详细的计划，但以现在的速度，到最后能做的事也做不成了。然后是老房子实地考察，在那之前要制订总体计划。规划小屋和主屋的出租空间，确定后院的使用方案。大体确定入驻店铺的类型，以此为根据设定房租。好了，现在就决定吧。"

"啊？现在决定吗？"

"这些事情，不管是现在决定还是一周后决定，会有不同吗？"

"可是，就算现在决定好这些事，我也没钱做，更没有失败的余地。"

我慌慌张张地说道，但佐田却若无其事地回答，

"倒算！用倒算法！"

"嗯？什么倒算？"我不解地问道。

"还不清楚要租给谁，做什么的情况下，就花钱改造装修，换作谁都会担心，都觉得会失败。但什么都不做，只会越来越担心。首先要确定出租的空间，并计算租金几年能够回本。我认为老房子的主屋一楼两间店铺、二楼四间店铺，小屋两间店铺，共计八间店铺可以入驻。目前有我们集市上的商户，另外我也会租一楼的一间店铺，所以你大可以放心。"

比起倒算法，佐田要租店铺的事更让我吃惊。

"喂，佐田你也要租吗？"

"我不是说过要和你一起做嘛。不过，应该由你主动说'来租我家房子吧'。为什么我先跟你说，你还反倒吃惊了？"

佐田一脸惊讶，慢慢地拿起身边的活动传单背面，用圆珠笔写起来。

"倒算法是这样的。听好了，如果 8 家店铺每月 30 万日元房租，每年就是 360 万日元的收入。把其中的一半 180 万日元用于改造，3 年收回成本的话，180 万日元乘以 3 就是 540 万日元的改造预算。暂定 5 年的使用计划，360 万日元乘以 5 就是 1800 万日元的收入，减去装修投资的 540 万日元，手里还剩 1260 万日元。就这样确定房租，计算利润。"

"原来如此……不过，真的能那么顺利吗？"

"当然能了，这就是为了成功而做的推算啊。濑户，你觉得不会顺利吗？但你要知道，没有人有自动成功的方法，大家都是把应该做的事情做好罢了。营业，招租户，根据可进账的房租反向推算，进而确定改造费。之后再想用赚到的钱做什么。先决定销售额，再决定利润，差额就是可以使用的经费，老话说'量入制出'嘛。"

"不过说实话，就算通过反向推算得出结论，我也没办法一下子拿出 540 万日元呀。看来还是不行。"

"你想失败的理由，可真是一流啊……这笔钱可以另筹。按照刚才的推算，你出资 200 万日元，我出资 150 万日元，成立一家小公司。我也可以多出一些。再加上 350 万日元贷款，变成 700 万日元资金，除去初期投资的 540 万日元，手里还剩下 160 万日元。每月都有 30 万日元的现金进账，所以用这笔钱应付一下是可以的。加上转租金、租房保证金的话，运转资金应该不成问题。因为是出租业务，所以只要确保租户，基本就能准确预估收入。况且我和你一起做，银行放贷应该也没问题。"

"……好厉害。佐田你一直以来都是这样做的吗？"

"哈哈，你去东京上大学，工作了 10 年，这种程度的推算对你来说不应该是小菜一碟嘛。"

佐田半开玩笑的口气，即使没有恶意，也会让人觉得不舒服。不过确实如此，我也不由自主地笑了起来。

我以前认为去东京上大学，在东京的公司里积累经验，就能为家乡多做贡献，但我现在才知道与高中毕业后就直接工作，自己创业的人相比根本算不上什么。

"总体的计划都清楚了吧，真正的胜负从现在开始。"

佐田的话给了我莫大的鼓励，也给了我巨大的压力。我不会再找借口，说城市小、没做过之类的话了。

从那之后，我会将老房子的改造计划发给佐田，佐田再通过聊天软件提出不妥之处，然后进行修改。与佐田合作过的建筑队制作了简单的图纸，老房子改造后的样子逐渐清晰起来。之后，根据租户想做的业务内容进行调整，并确定最终租金就可以了。

"这里是土间①上了二楼，景色非常好。"

一眨眼就到了实地考察的日子，多亏佐田和他的朋友帮忙宣传，竟来了 20 多人。

我带着考察的人参观着各个房间，"通风不错，心情好舒畅

---

① 在日本的传统民家或仓库的室内空间里，不铺地板，可以穿着鞋走的地方。——译者注

啊""后院的树好大，令人心情愉悦"，我认为理所当然的景色竟得到了大家的好评，虽然并非自己得到称赞，但我还是羞红了脸。

我在檐廊上放了一块屏幕，使用投影仪讲解我们的计划。有了上次的教训，我从这里的未来展望开始讲起①，再讲到可利用的空间，客人由外入内的动线设计，以及后院设计等。这一次，大家再没有像上次那样提出各种问题。

"这个地方太舒适了。现在能开店的地方对于我们来说都太大了，能有这种规模适中的空间，真是太好了。"

"我想夏天在后院举办露天电影放映会，秋天烤红薯！"

在交谈过程中，不断涌现出各种建议。出租的楼层和大致的房租标准已经确定。虽然水电等基础设备由我们投资，不过因为房子没有那么严重的损坏，整体的投资总额稳定在 500 万日元左右。这样一来，房租收入也有了富余。

一个女人缓缓地站了起来。

"我在家里开设了儿童英语会话培训班。这次想要开店。这里二楼的景色非常美，我想在这种地方教孩子们。我想承租。"

"当然，当然可以。您想租哪间？"

我打开简单的图纸开始询问。除她以外，还有很多人对我家的房子感兴趣。世界上有很多事情只有尝试过才会明白。如

---

① 地方的商业项目中，参与人员几乎不可能都来自同一家公司，而是来自不同公司、不同行业，甚至有很多人只是无偿协助。因为没有强制性，所以如果不能在未来愿景上获得共鸣，大家就很难齐心协力付诸行动。因此只考虑商业模式远远不够，更重要的是，如何将愿景传达给更多人。

果因为担心而不做,那么担心永远不会消失①。歇业处理店铺虽然简单,但简单并不一定好。我要将父亲他们曾经做生意的地方留给下一个时代做生意的人使用。不久前连想都没想过的事情距离实现仅一步之遥。更重要的是,这大概是我人生中第一次自己做决定。开始之后,快乐远多于担心。

实地考察结束后,大家一边烤肉一边聊天。也许是酒精的作用,我觉得自己现在好像什么都能做。就这样,旧屋改造计划的齿轮终于开始转动了。

---

① 没有人会帮助因烦恼而黯然神伤的人。因为消沉,反而没人愿意帮你。正因如此,越是担心就越要乐观积极地思考,行动起来,找出担心的源头,尝试各种方法解决。乐观地一步一步前行,才会找到同伴,问题才能更快得以解决。

> 专栏 2-1

当今时代为何需要"倒算法"

在曾经人口激增、各地消费市场不断扩大的年代,地方振兴就是一场"获得消费市场的竞争"。都市圈内人口增加带来的消费市场,由该都市圈内的多个市中心瓜分。在这样的年代,只要能够迅速筹措资金,开发大型商业设施,聚集大量商铺的地区就能获得消费市场,吸引资本。在私家车时代来临之前,在市中心地带投资合情合理,先行投资者们都成了赢家。因为那时人们只能到达公共交通设施完备的中心地带,或者步行、骑自行车能到达的地区,因此竞争不算激烈。日本婴儿潮时期人口急速增加,经济发展提高了平均收入,供给先行大获成功,因为需求总是随之而来。

之后,随着私家车时代的到来,路边和郊外因为停车场收费较低而占据了优势地位,这里的投资者们又成功占据了市中心的消费市场。而现在,随着互联网和电子商务的出现,市郊建立了配送中心,可以通过快递将市郊大型购物中心的商品进行广域配送,抢占了消费市场。

当今时代,人口减少、收入减少导致需求减少,而激烈竞争又导致供给过剩,这与过去需求大于供给的时代大相径庭,因此老一套做法已无法奏效。

如果在地方盲目地进行先行投资,开发效益低的商业设施,倒闭在所难免。无论是住宅、写字间,还是商业设施,都必须先招租，在确保收入的基础上明确风险和回报，再筹措资金。正因如此，我们才需要倒算法，先招租，并以此为基础制订商业计划，进行投资。

> 专栏 2-2

地方需要的不是"天才"而是"决心"

所有成功的地方振兴案例都离不开能力超群的领导者。"我们这里没有优秀的领导者，所以无法获得成功"，我经常听到这样的借口。但我以在这个领域工作近20年的经验来看，很少有人一开始就具备天才的领导能力。很多地方中小企业的第二代、第三代经营者都是经历了不断尝试和失败，最终像中兴之祖①一样，通过发展新产业，让地方诞生更多的商机。

很多成功案例都是在成功之后才被媒体报道，所以我们往往只看到好的结果，但若从创业初期来看，就会发现这些领导者并不是一开始就是天才（佐田也一样）。只要下定决心，无惧失败，不放弃学习，不断努力前进，不知不觉中你就会发现自己成为了佼佼者。相反，如果逃避责任，畏惧失败，放弃学习，那么无论你拥有多么优秀的职业生涯，都只会墨守成规，无法助力地方振兴。

此外还有一点容易被忽视。那就是优秀的领导者背后一定有支持他的团队。即使自己不能成为领导者，也可以选择作为团队中的一员振兴地方。

无论以何种身份参与地方振兴，最初都是从一个人孤单地

---

① 挽救陷入衰退和危机的状况并使其重振的人。——译者注

下定决心开始。在不断试错中结识志同道合的同伴，才会获得巨大的成功。相反，即使很多人聚在一起开会，但没人能下定决心，那么地方的状况就依然无法得以改善。

第 3 章

被忽视的角落

只能在那里买到的东西

"各位,请在这里盖章。"

实地考察之后,申请入驻的人不断增加,达到了18人。

其中一半以上都是集市的商户。除此之外,周边已经开店的人也纷纷提出要在这附近开店。这种盛况真是多亏了佐田此前的成功,再加上集市的繁荣,大家都认为这一带有"商机"。

佐田曾经这样说过他策划集市的目的。

"像是集市①这样的策划有时会跟促进城市繁荣这样空洞的话题联系在一起,但事实并非如此。在谁都认为无法创业的地方,通过努力,累积客源,让大家真实地看到创业的可行性,这才是主办集市的目的。在众多商户中,甚至有人一天能赚30万~40万日元。周围的商户看到这些,就会树立起信心,并开始关注这个地方。像这样一点一点,地方城市就会发生变化。这些商户的认真程度可不同于那些拿着政府补助做着假大空的活动,或是出摊位费只想一天内多赚钱的商户,对地方的改变自然也不同。作为主办方,集市也是我测试商户能力的机会,

---

① 集市根据摊位费和电费两个使用费用来定价。摊位费根据地点多在3000~10000日元。主办方统一购买帐篷并出租,进而打造出空间的一体感。设计Logo等品牌化推广也很重要。举办初期的基本做法是先向商户宣传,通过在线发送信息和DM来吸引顾客。

可以衡量哪些人擅长开店等。"

我身在东京,只能深夜通过视频会议与佐田推进计划。佐田根据希望入驻店铺的商户在市场上的业绩和他们现有店铺的状况等,最终筛选出条件合适、理念与我们一致的8个商户。准确地说应该是9个人,因为有一个方案是两人共同经营店铺。我认为这种形式很新颖,佐田虽面露难色,但最终还是听取了我的意见。

秋意渐浓的一天,我们招集了这9位商户,召开最终的说明会。大家现在都是共同招揽顾客、共同创业的伙伴①了。佐田事先强调过,与商住两用房不同,共同店铺的团队协作是不可或缺的,大家对此十分赞同。每月共享销售报告,在招揽顾客的策划上也要互相协助。佐田和我决定,这里并不只是支付房租就可以了。

说明会结束,大家分别在相关合同②上盖了章。手续正式完成。

"终于要开始了,加油吧!"

佐田大声说着,大家都很兴奋,说明会在热烈的气氛中结束了。

---

① 共同店铺面临的挑战是能否创造出商住两用房没有的业务增长模式。比如联合进行促销活动,共享销售信息,甚至相互介绍顾客,以达到共同成长的目的。因此入驻商户必须有相同的理念,每月还需定期召开店长会议。

② 合同书与一般租赁合同相同,要写明金额、合同期限、保证金、违约金等基本条款,要具有法律效力。

第 3 章 被忽视的角落

佐田的推算果然准确，月租合计 43 万日元。项目为期 5 年，成本回收期为 3 年。43 万日元中的 15 万日元给母亲补贴生活。母亲此前做生意时，还兼着会计事务所的会计工作，所以多少还有些退休金，应付当下的生活应该不成问题。再从余下的 28 万日元里扣除一定比例的改造费，剩余的就由我和佐田分了。

"这个房子你们家用得很仔细，所以也无须太多改造。只是，水电系统还是要重新装一下。土气的墙面也都拆了吧。细节的话，因为商户比较多，大家 DIY 可能更有利于突出建筑本身的味道。400 万日元应该足够了。第一个创业项目，一定要好好做。"

如果改造费用是 400 万日元，加上房租的上涨，两年就能完全收回成本。我出 250 万日元，佐田出 200 万日元，共同出资 450 万日元成立新公司，在进行工程投资的同时管理运营。关于详细的费用征收和会计工作则是委托佐田的公司来处理的。因为业务规模小，无须全职来做，这对于人在东京的我来说，再好不过了。

在地方创业，佐田认为三点最重要。首先是明确顾客的需求，选择商品及服务，其次是选择优秀的伙伴一起去做，最后是不过度使用资金。前两个已经过关了，今后能否控制投资成本是成败的关键。

"现在你知道了吧。在地方即使是微小的改变，光靠想法也是不行的。没有数据的支撑，什么都改变不了。"

"确实如此啊。看到数据的那一刻，我突然有信心了。"

"哈哈，没想到你这么看重钱。你也开始变得有点像生意人了呢。不过别忘了,这还只是个大致的推算。"

我听着佐田的揶揄,走到外面,回头看了看改造前的老房子。

从10月下旬开始这里终于要动工了。我们计划明年1月20日开业,眼下只剩下与银行的沟通了。

冷漠的表情和毫无设计感的柜台。无论来多少次,我对银行都没有亲切感。

"那么,请在这边的文件上也盖个章。"

因为与原来的计划有了很大改变,所以银行负责人明显脸上露出不悦。但通过出售公寓,预计可以还清用于周转资金的贷款,所以银行也答应了。接下来就是在好几张纸上不停地盖章了。

我很庆幸有这么多人想要购买公寓。虽说父亲在世时生意不是很好,但保守的经营方式,对于现在来说反倒是好事。随着这次处理老家的产业,我终于认可了曾经不太爱说话甚至让我有些抗拒的父亲。

只是,在与当地银行①通过窗口、纸质文件、传真的交涉过程让我震惊不已。银行中途变更了负责人,结果对方完全不了

---

① 在经济稳步增长的时代,地方银行只要守住各自的领地,就有充分的融资机会,更无须担心存款。并且,第一地方银行大多持有都道府县、市町村相关业务的工资支付和结算业务等,每年都有固定的手续费收入。无法存贷的资金通过国债等也能获得收益。但如今,一切都发生了转变。不积极营业就得不到收益,只能互相侵占对方的领地,甚至进行并购。

解情况，从零开始重新进行说明让我身心俱疲。若我人在东京，就更别谈什么进展了。我一向对自己的气量和忍耐力很有自信，但贷款偿还手续效率之低下，让我也忍不住想说，"钱还上不就行了吗？！"但事情远没有我想得那么简单。待所有手续办完，我已经心力交瘁。

"哎呀，创业一切顺利就好了。"

银行负责人走出门口，带着浅笑看了我一眼。我发誓今后不再与这家银行有任何往来。我能够这样说，也是因为此次的老房子改造，无须大额贷款。这是在已经确定入驻商户的前提下进行的"反向改造"，而且是转租给在集市或固定店铺等方面有业绩的商户，所以可信度很高。最重要的是利用了原有建筑，投资规模小。这是仅靠自己的资金就能经营的改造项目，预计不到两年就能收回投资成本。如果这是一个需要巨额贷款，20年才能收回成本的大项目，那我一定无法下定决心。

但这次我和佐田依然决定贷款。理由是佐田说，"如果业绩好的话，下次贷款就会更容易，所以有点小额贷款比较好。"佐田和各类金融机构来往过，但业务往来最多的还是本地的信用金库。虽然利率与地方银行相比略高，但是中途更换负责人的情况极少，因此更能理解项目的经营状况[①]。信用金库的理事长人品极佳，在接受金融厅审计，被指出"这是不良债权"的时

[①] 地方银行由于覆盖范围广，负责人和分行行长变动频繁，交接不完善，往往需要每次从头开始说明。并且，地方银行往往不考虑过去融资时的衡量标准、项目内容以及与客户的关系。与此相反，信用金库的覆盖范围较小，负责人几年来基本不变，因此对项目的发展轨迹，包括经营者的性格在内了如指掌。贷款时要重视各类金融机构间的差异。

候,也会坚持说"我们是在充分了解经营状况的基础上才发放的贷款,若收不回来,我愿引咎辞职"。佐田的建议是,即使利率略高,也应和这种能够做好本职工作的金融机构进行业务往来。因此这次我们决定先从本地的信用金库贷款。

负责佐田公司的人也直接负责了我们公司,所以事情进展得很快。虽然都是地方金融机构,但风格却截然不同。

"太好了!这样就完美了!"佐田那响亮的声音响彻整个街区。

铁皮的门面被剥得干干净净,恢复了木造建筑的原貌,重新挂上了木板招牌。这里取名为"榉屋",是用后院的榉树来命名的。

大家站在店门口,拍照留影,举办了小型的开业活动,各个商户介绍了自己的店铺。

一楼是佐田经营的咖啡馆,里面的菜品以佐田经营的农家种植的蔬菜为主。尤其是面向素食者的菜品十分美味。另外,厨房设计成可以制作糕点的地方,提供给集市摊主们用于制作在集市上销售的蛋糕。

还有一家是在集市上很有人气的进口食材店,这家店每次销售额都在30万日元以上。店里的招牌商品是每月从世界各地采购的当季橄榄油,开店之前一直都是在集市和网上销售。二楼的店铺主要以培训班和服装为主。一家是半高级定制的童装店,一家是专门为学龄前儿童开设的英语会话班,还有一家是瑜伽教室,最后一家是两人共同经营的插花店。原本的仓库现在是帽子店和皮革制品店。

关于选店铺的标准，佐田说了很多。

"你听着，首先是销售的商品本身是否与众不同，是否是原创产品或服务。就算是有些奇葩的买手店也是可以的。也就是说要选择原创的，或是当地其他店铺里没有的、独具特色的店①。"

"可是，这样的店不是少之又少吗？又不是大城市，在地方这种奇怪的东西能卖得出去吗？"我对佐田的话充满了疑问。

"傻瓜！恰恰相反。现在越是地方越是重视超前的理念，越是中小零散的店铺，就越要做与大商场不同的生意。别看是地方城市，只要开车，就能去大型购物中心，买到大部分东西。如果是网上购物，明后天就能收到。真正能赚钱的，都是做原创的店。所以你可不要小瞧他们。"佐田严肃地说。

"不过，只有你经营的店才是这样的吧。我没见过其他的，也没听说过。"

"不光是我的店，其他也有很多。比如在家里、仓库里做东西并在网上销售，或是在展销会上销售赚钱②。那些人不会主动说'我这个很赚钱'，因为那么说一丁点儿好处也没有。"

"原来如此……确实如果没有特地光顾的客人，那这家店就

---

① 商业街的小店铺如果销售知名品牌的产品，就无法实现商品的差异化，在价格竞争中更是不敌购物中心。

② 曾有一家销售童装和海外玩具的店，让商社职员都叹为观止。这家店不是靠门店，而是靠一年几次的商场展销会赚钱。此外，还有一家位于东京都内的某家具精品店曾搬到租金低廉的地方城市，通过网上销售扩大销售规模后，又回到东京开设了旗舰店。很多企业都会在销售方式和销路上下足功夫。

没有意义了。"

"是呀。这些商户中有人想开实体店提高可信度，或是想挑战一下，开家有趣的店铺提高销售额。所以他们才会在集市上出摊，或是来问我们有没有好的地方可以开店。"

"我们就是要拉拢这些人入伙儿吧。"我好像明白了一点。

"一般的批发零售的商品都是工厂流水线上生产的，没有任何差别。而且，零售的毛利率最多只能达到20%~25%。只能通过批发才能赚钱，而中小型店铺做不到批发。正因如此，我们才会做大型商场不会做的原创商品，尽量缩小规模，保证60%~80%的毛利率。这就是我们的常规做法。"

佐田就是从这个角度出发，筛选入驻商铺。我虽无法像佐田那样做出精准的判断，但也想要做好该做的事。我将房子标志性的后院里的杂草处理干净，铺上了草坪。巨大的榉树也被修剪得整整齐齐，投下树荫。这种朴素的事情我很在行。

拆除了后面的木墙，就能从大路进入，穿过土间直接到达后院。打开主屋一侧的门，夏天凉风习习。我们在那里摆放了桌椅和几个儿童游乐设施。佐田帮我实现了愿望。

"濑户，这就是你想创造的空间吧。这里简直成了'迷你公园'。"佐田笑着说。

"嗯，在我小时候，父亲十分呵护草坪。我经常和朋友们在草坪上疯玩，常惹得父亲很生气，不过那依然是十分美好的回忆。但后院的草坪慢慢秃了，没人用了，我每次看到都很难过。我想，如果能像这样再铺上草坪，让更多的人来这里，父亲应该会很高兴吧。之前我在东京的小巷里发现了一家店，那

第 3 章 被忽视的角落

家店的后院设计得非常好，我那时就想一定要这样做。"

虽然不能在大的地方花太多钱①，但通过招牌和指示牌的设计，提升了整体的质感。电力系统不足及二楼无水的问题，这次也得以重新设计调整。

另外，因为房子是木制结构，隔热能力差，所以我们额外对阁楼和一楼地板下的隔热进行了改造。果不其然，夏冬两季都变得舒适了许多。至于室内装修，则由各家店铺自己负责。

因为是小地方，所以装修的进度管理十分重要，这些在建筑队的川岛的负责下进行得井井有条。原来资金不足只不过是借口罢了。

我家原来的公司，保持商号不变，主要业务改为自家房屋租赁。同时以我和佐田的名字成立了管理租赁运营的新公司。公司名为"间间间株式会社"。我们的理念是以宽敞的庭院为中心，将大家之"间"的距离拉近，同时保证有适度距离感的空"间"，努力将这里建成让人身心放松的地方。另外，这座小城市空店铺、空房子很多，如果大家也能拓宽道路、拆除栅栏，创造出令人舒适的空"间"，那一定能让这座城市变得生机勃勃，焕发新生。公司的名字就取自这三个"间"，为了这个名字，我们兴奋了好久。

"接下来，就是大力宣传'榉屋'了，我们要起跑冲刺了。"我兴奋地说道。

"傻瓜，别着急。在还没有适应前就起跑冲刺，一次失败就

---

① 装修花费讲究的是轻重缓急。能 DIY 的部分可以自己动手，但招牌的设计、水电等会影响店铺经营，所以要委托专业人士。

完了。在公司工作只要负责自己的那部分就行了，但在这里无论发生什么事可都是你的责任。这就是自己经营与上班最大的不同。"

听了佐田的话，我起跑冲刺的热情一下子被浇灭了。按照佐田的建议，开业首日定在了平日，而不是周末。这是为了避免开业当天过于混乱。我们将1月到3月定为适应期，从4月开始正式推进。

大概是因为事先打了招呼，当地报纸和电视台经常报道我们这里。1月、2月超乎想象地顺利。我开心极了。但在3月的一个午后，我和佐田突然收到了一条信息。

"我不想做了，我觉得无法适应这里的环境。"

"嗯？不干了？"正当一切都很顺利的时候，这条信息如同晴天霹雳。当时我手头还有工作，本想过后处理，却如何也静不下心，于是我跑进厕所，赶忙联系了佐田。

"怎、怎么办？"

担心不已，我无法想象发生了什么。

"友情"致命

开业 3 个月。突然对我说"不想做了"的,是共同经营二楼插花店的两个女人中的一个。

"佐田,现在怎么办?之前关系那么好,怎么说闹僵就闹僵了……"

"濑户啊,我不是跟你说过吗?第一次创业,两个人一起做的话肯定不行①。不过事到如今也没办法,只能找另一个人谈谈,让她自己做,或是退店,我们再重新找人。还有很多人想在这儿开店,闷闷不乐解决不了任何问题。"

"抱歉……"

当初佐田是明确反对两个人共同经营的。

最初两人说,"我们是做生日派对和婚丧嫁娶的鲜花布置的,想一起开一家店。"每人房租各出 2 万日元,共付 4 万日

---

① 商户选择上可能会出现以下几种失败情形:一是好朋友共同经营。因为互相了解,反而会把事情想得太简单。二是一开始就没有详细计划的商户。他们往往不清楚自己想做的和应该做的。三是抱着乐观的心态,没有和家人好好沟通的商户。他们经常会与家人产生矛盾而最终无法开店。四是资金充裕的富婆太太们,她们往往把店视为自己的爱好,一周只开门营业几次。此外,合租店铺里商户之间的信赖关系也很重要。因此,开店前就应该有意识地创造一个可以共享业务内容和创意的场所。开业后关系一旦破裂就很难修复,所以在开业前必须先建立良好的关系,确认彼此的默契度。

元。两人计划将店铺作为平时和顾客见面的地点，周末还想举办插花教室，让我觉得很有前景。

最重要的是两人极为默契，当初曾热情洋溢地说"我们一定好好努力"。但佐田当时只是"嗯"了一声，没有点头。后来趁两人不在，我罕见地对佐田说出了自己的意见。

"我想要加上那两人。她们性格开朗，创业内容也很有前景。有女商户的话，也可以为我们这里增色添彩。"

"嗯，那两人确实对开店很有热情，不过共同经营一家店，我觉得很难。之前我就有过好几次惨痛的教训。但你难得有自己的意见，要不就赌一下吧。"佐田最终还是同意了我的想法。

结果不到三个月就出事了。

我分别打电话问了两人，得知她们在周几排班、销售额分配和费用分摊上起了争执。她们以前的状态是根据需要才会出门，而开设店铺后必须每天都去。但谁在什么时候来店里，当天的销售额如何分配等，开店前都没有商量妥当。因为两人都有各自的客户，所以最终还是在钱的问题上起了争执。

"共同经营的问题大多是最初没有好好确定销售额的分配方案。大家都觉得自己的贡献更大，所以应该分得更多的报酬。最初就决定好的话还好说，但后来再决定的话往往会引起彼此的不满。当初我应该过问如何分配销售额的。"佐田对我说。

而我只能低下头沉默不语。

"几乎全都是我做的，为什么销售额的一半要给她？真是难以接受。我们决定散伙了。我想要在家里做，所以明天起我就

第3章 被忽视的角落

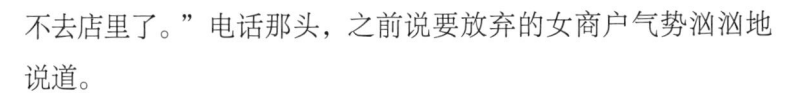

不去店里了。"电话那头,之前说要放弃的女商户气势汹汹地说道。

我则被她逼得语无伦次,"那,那店铺怎么办呢?"

"我退出,但'那个人'说要继续做下去,你和她谈吧。这些跟我已经没有关系了。"

一切太突然了。没想到那么有热情的人,会如此轻易地放弃。但合同是两个人的事,从合同上来说,不可以一方擅自退出。于是我挂掉电话去找佐田商量。

"这是常有的事。所以说关系好的两个人共同经营才危险。正因为彼此信任,才觉得应该没问题,所以起初没有商量好钱的事,合同上也没有明确规定该如何分配。认为这些以后再商量也不迟,到头来还是为了钱起争执。基本都是这样。合同上是两人共同经营,所以一方退出那么合同就无效了。让她们退店吧。虽然这对其他店铺会造成不利影响。"

我不觉地犹豫了一下,但一想到我是"罪魁祸首",也只好让步。

"确实如此。和最初约定的有出入,而且我也不认为另一个人能每天都去店里,所以只能让她退店了。"

"濑户,这个周末你会回来吧?到时候见面谈谈再决定吧。我觉得还是见面谈比较好。"

我们没有在电话里得出结论,而是决定各自调整日程周末见面谈。

周六早晨,冬日的阳光洒在身上很温暖。眼前尴尬的气氛让人想逃离，但没办法，谁让我是这里的负责人呢。面对想继续留在店里的女商户，我迟迟找不到开口的时机。我摆弄了一会儿手边的咖啡杯，终于开口了。

"关于店铺，你打算一个人做下去吗？"

"是的，我一个人做。"

此前跟她合伙的女商户已经不来店里了，所以她打算自己一个人打理店里的生意。我怎么也说不出让她退店的话。

"那个，原本两人共同经营，现在变成一个人的话，就跟当初的约定有出入。你一个人做是不是有点困难？若是一周只营业三四天，我们这边也很为难。"

听着我含混不清的说明，对方气势汹汹地对我说：

"那你到底是什么意思呢？你是让我也离开对吧？明明说了就算我一个人也可以，你却让我走人，太过分了吧！"

我被她的气势震住了。

"不、不，也不是这样……"

"那到底是怎么回事？"

看到完全没有进展，佐田忍不住又一次伸出了援手。

"我们知道这次开店，很多事都不顺。但我们当初也讲得很清楚，这里的店铺是以共享为前提的。所以房租也定得很便宜。商户选择上，虽说也看了大家此前的业绩，但更多的是选择想要一起振兴地方的伙伴。所以只想着自己方便，每周只营业几天的话，会给其他店铺造成不好的影响。还有很多人想开店，每天努力营业，你不能把这个机会让给别人吗？"

几分钟的沉默后，她勉强同意退店。结果是我们承担了一部分内部装修的费用,还把 3 个月的房租全部退还了。解决预期之外的问题是要花钱的,感情用事做出的决定①最终也要付出代价。

　　本以为一切都过去了,但事情远没有这么简单。退店之后,她们到处说"我被赶出去了","说得好听,结果只谈钱","只有管理人才能获利",等等②。我们当初出于好意而开始投资创业,并没有赚到什么大钱。结果却遭到诽谤,与其说是惊讶或生气,不如说是难过。

　　大概是听到了这样的传闻,市政府工作的森本久违地打来了电话。

　　"喂,濑户,你那边好像进展得不太顺利呀,没事吧。我听到了很多不好的传闻。甚至有人说被骗了,你还是注意点吧。"

　　森本也许是出于好心,但根本就没有设身处地为我着想。遭到恶言恶语,没人会开心。

　　我开始担心今后能否继续做下去,所以给佐田打了电话。

---

　　①　出于与商业内容无关方面(商户的处境等)的同情而降低房租、保证金,并不会让商户更好地投入到事业中,而是会促使他们花费更多的精力去获得你的通融。往往一次通融后,对方就会不断请求你降低房租,或是延期支付。因此即使被人说冷漠、不通人情,也应该从一开始就坚持原则,否则日后会变成更大的问题。如果在交涉中处于下风,那就不要当场做出决定,而是回去经过协商后再决定。

　　②　在地方创业的过程中,经常会受到"人格攻击"。比如流传着奇怪的黑料,或者在当地的网络论坛上出现莫名其妙的文章,写着莫须有的事,发生这样的事,创业者受到伤害无可避免,但只要积极应对,就不会留下心理阴影。另外,个别机构的上层领导甚至会下达不与创业者合作的明确指示,造成市场竞争的不公。即使在这种情况下,也绝不能轻易迎合对方,或以对方所说的方式妥协,进而牺牲自己的商业价值。

他接到我的电话，还是像往常一样毫不在意。

"谁反对或是说坏话①，别在意就好了。比起没人谈论，我们还是对地方有一些触动的。成功了会有人不满，失败了也会有人说闲话，这就是地方创业啊。"

在地方创业，似乎比想象中难得多。我担心以自己孱弱的精神力量还能坚持多久。

幸运的是，之后并没有出现大问题。特别是面向学龄前儿童的英语会话班非常受欢迎。那位老师刚在家里开办培训班的时候，只有4个学生。开店后，因为老师性格开朗，通过大叔大婶们口口相传，半年时间学员就发展到了60多人。

一楼的餐饮店也很受欢迎，最近被各种本地媒体争相报道。外出销售也很顺利，只要在集市上销售就会排起长队。这家店已经成为了单日销售额破30万日元的人气餐饮店。

夏天即将来临的时候，在与商户们的例会上，有人提出了举办夏日庆典的策划。为了配合8月盂兰盆节举办的活动，我们也打算开个夜市。去年说明会上的提议——露天电影放映会终于可以实现了。

这个时候开始经常有人跟我们联系，希望能在这里开店。我们并没有招租，但咨询依然源源不断。我们决定让有开店意愿的人先在夜市出摊试试。佐田似乎已经开始考虑下个计

---

① 创业过程中，往往会遇到听信传闻而放弃合作的人，以为我们遇到了困难而要提供帮助我们的可疑的人，明明没听过却故意让我们注意传闻的人，还有过分宣扬正义的人。

划了。

梅雨季偶尔可见的晴天，湿气也没有那么重了，佐田邀我去后院喝酒。

"濑户，既然有人来询问想要开店，就不能拒绝。开始准备下一个地方吧。"

对现状还算满意的我，完全出乎意料。

"只是这座城市的问题就像我之前说的，没人愿意把房子租给我们。房屋中介全都是些老头子在做，我去跟他们谈多少次也只是喝茶闲聊。我也试过跟房东单独谈，对方也总是说'房子也许什么时候还要用'，还有一次是房东奶奶同意了，但远在东京的儿子听说后突然回来提出贵得离谱的租金[1]，根本谈不成。本来房子空着，我们就很难知道房东是谁，更是没有地方能够咨询。"

"那就得换个方式了……先在网上刊登想要租房的信息呢。"我建议道。

"哈哈哈，要是这样就能成的话，我也不用这么辛苦了。"

像佐田说的，本来就没有人想在网上找租房者。即使政府划拨预算设立了空屋银行[2]，但上面登载的全都是腐朽破败的房

---

[1] 很多房东哄抬租金，是担心遭到抨击，"租得那么便宜，所以行情才会下跌"，结果导致空房处于闲置状态。

[2] 日本国土交通省出预算，将近年来各地方政府独自建设的网站整合起来，建立了"空屋银行"。然而此举并没有解决原本房东不明，或者不想出租空房的问题。而想要积极出租的房源往往已登记在房屋租赁的专门网站上，"空屋银行"的定位不够明确。

子,没有像样的房子。

"空屋银行和政府做的事情都没有抓住重点。所谓政府主导不过是将空置店铺填满就万事大吉了。但既然要开店就一定想赚钱,开店不赚钱的话没有任何意义。店铺经营的如何,虽然是各店经营者的责任,不过为了赚取口碑,也要和其他人共同努力,才能获得成功。因此主要有一个人成功,大家就会觉得那里开店能赚钱,之后就会有很多人想在那里开店。空置店铺也就减少了。空置店铺减少后,还有人想要来开店,租金自然就上涨了。道理很简单,但很多人不明白,所以各地才会涌现出各种补助金。补助金不仅不会改变任何地方,还会让很多人冲着补助金去开店,补助金一旦切断,就只能闭店。"

听了佐田的话,我才慢慢理解,地方衰退似乎并不仅仅是因为人口减少。我一直以为地方的事情交由政府部门来做就可以了,但事实并非如此。如果不能依靠政府,那就只能自己想办法了。

"哦对了,不久后在东京有同乡会聚餐,大家都让我讲讲旧屋改造再利用的事。我就直接问问有没有人有空房子吧。"

"原来还有这种事啊。不过,很多人聚集在一起,确实是个好机会。你大大方方地说就是。你说话声小得像蚊子。"

佐田豪爽地笑着,一口喝干了冰凉的鸡尾酒。

转眼间就到了梅雨季要结束的时候。这半年来事情竟向着我预期之外的方向发展着。从如何处理家乡老房子的现实问题开始,到自己创业,再到如何振兴家乡,要做的事越来越大了。

第 3 章　被忽视的角落

　　在东京举办的同乡会活动，市长也会参加。以前从未被邀请过的我，这次却突然受到邀请。据说是我们家乡的一家出版社负责举办活动，他们推荐了我。不过，我一点也不想听市长义正词严的演讲，而且一想到会时不时给我发些讨厌信息的森本可能也会来，难免心情沉重。但想到也许能遇到人在东京的家乡房主，心情便开朗了许多。也许真的会有什么事发生。

下一步棋

"那么,首先请市长致辞。"

这么说来,已经很久没有听到市长的致辞了,自从那次失败的地方振兴活动以来还是第一次。这个在东京的同乡聚会,为了支持家乡的新产品,每年都会在聚会上进行产品介绍,据说已经持续了 30 多年。虽然最近经常提到 U-Turn① 和 I-Turn②,但其实背井离乡的人,只要有机会,还是愿意助力家乡的发展。借助在东京或海外同乡的力量,这种想法本身很棒。

发起该活动的是被称为"地方中兴之祖"的 3 任之前的市长,这位市长创办了运输公司,在增加税收的同时还减少了年度支出。与这位前市长不同,现任市长所想的似乎只是如何从国家拿钱,再分配到当地各个地方③。

"此前政府发布的地方示范产业区中,我们市顺利进入名

---

① 地方出身的人到大城市工作,而后又回到地方。——译者注
② 大城市出身的人到地方工作。——译者注
③ 获得新预算需要制订计划书,这项工作基本是由策划部负责。这个部门汇集了政府优秀人才。但实际上如果提出宏伟的计划或方案,往往会受到领导、议会和市民代表等各种团体的横加干涉,最终不得不缩减计划。而缩减后的计划即使获得了预算,也难以取得巨大成果,优秀人才的能力得不到施展。久而久之,这些人也会变成阻碍宏伟计划的一方。要打破这种局面,需要高层领导组成与现有的组织架构相区别的团队,不是从国家获得预算,而是利用公共资源发展相关产业,并对团队成员的工作进行考核。

单。这样一来，我们将获得地方振兴示范区的相关预算。我们将好好利用这笔丰厚的预算，激发地方活力。在这里也请在东京的各位多多协助。"

他们依然认为只要能拿到大笔预算，不费吹灰之力就让地方起死回生。我回想起之前的活动，不由叹了口气。家乡又要增加一个没用的设施了。会场中弥漫着冰冷的空气，只有廖廖数名市政府官员那里响起了稀稀拉拉的掌声。自从这个人当上市长后，在我们家乡建造了没有任何艺术品位只有企划展和展示本地业余作品的美术馆，没有人休闲的"休闲广场"和没有市民活动的"市民活动中心"，这些徒有虚名的"摆设"，导致财政越来越困难。不好的传言甚嚣尘上。建造公共设施的可怕之处在于，开发时无论从国家获得多少预算，其维护费用都必须由自己承担①。很多时候，维护费用远远高于建造费用。

无聊的寒暄过后是自助餐。我最不想见到的森本眼尖地一下子发现了我，凑到我身边。

"喂，濑户，你在躲我吧？"

一般人就算注意到了，也不会像他这样直接说出来吧。

"没那回事。"我说道。

---

① 维护公共设施的成本要比建造成本高。如果算上建成后的维护管理、定期的大规模修缮、拆除等全部费用，几乎是建造成本的3~4倍。例如，价值30亿日元的公共设施，全部的维护费用接近90亿日元，即使国家出资15亿日元，也只是杯水车薪。但很多地方城市根本不去讨论"地方政府的预算能否负担余下的75亿日元"，而只把从国家获得15亿日元预算当作功劳。但实际上这是拿了15亿日元，却要从自己的钱包里拿出75亿日元的荒唐购物。

"话说，关于你们的流言没事了吧。我可是偷偷告诉你的，你可别辜负我的心意啊。对了，你今天要讲话吧。这种气氛下可不好发言啊。你不知道吧，每年自助餐中途的发言，都没有人听呢。哈哈哈。"

对即将发言的人，还得意洋洋地说没人听，真是个令人讨厌的家伙。

"就算没人听，既然答应了，也要好好做。"我回答。

"加油吧，别太拼命了。啊，课长！好久不见。我一直有件事想和您商量一下呢。"

森本拍了拍我的肩膀，回到市政府的那群人坐的桌子，笑脸相迎地给大人物们倒着酒。

"接下来，按照惯例，每年会由当年在我市备受瞩目的经营者发言。我们首先有请将老家店铺'濑户商店'重新改造，建造了名为'榉屋'的商业建筑的濑户纯先生。有请。"

我走上讲台，接过麦克风，开始发言。

"晚、晚上好。呃，我的名字是濑户淳，不是濑户纯。请、请多关照。"

连发言人的名字都不先查清楚再介绍，活动未免也太随意了。主持人好像没听见我的话，依然面带笑容地盯着手里的讲稿。

我按照顺序从父亲去世，留下母亲一个人打理店铺开始，讲到我接手即将关闭的店铺然后进行改造，直到现在已有7位成熟的商户入驻的过程。并表示没有必要因人口减少等宏观因素就感到悲观。还讲了现有的问题是当地很多空置房屋没有得

第3章 被忽视的角落

到好好利用，我们有意愿为年轻人提供新的机会，希望有意愿出租房子的人跟我们联系。所有该说的都说了，我的发言顺利结束了。

就像森本说的那样，根本没人在听。大家各自吃饭，与熟人热火朝天地聊天，根本不在乎台上的声音。鼓掌的几乎只有主持人。就连邀请我的市政府那桌人也没有一个面向这边的。未免有些太过分了。

这样的结果在我预料之中。吃过饭就回去吧。

正当我拿着盘子四处物色吃什么时，一个声音叫住了我。

"你是刚才在台上讲话的濑户先生吧。"我回头一看，一个上了年纪的女人递过名片。

"是的，我是。对不起，请稍等一下。"

我赶忙放下盘子递名片时，那个女人先开口了。

"这个会场尽是老头、老太太呀。我不太喜欢这种场合。说起来，我初中的时候搬家了，没有什么特别的记忆，但后来和在东京遇到的人结婚，恰巧搬到了你的家乡。真是偶然啊。我老公以前是开文具店的。不过小姑子人很麻烦，所以我也没怎么去过。越是这种时候，老公越是帮不上忙。我叫望月，请多关照。"

突如其来的身世自白，让我不知该说什么好。但我知道那家文具店的名字。

"文具店是在站前路和国道交会处的拐角处吧。我知道那里。"

"那你知道吗？其实我丈夫前年突然去世了。公婆去世的时候,我丈夫继承了店铺和后面的一个小公寓,现在由我继承。其实有更多好的房产,但我丈夫的兄弟们都很贪婪,我丈夫是四个兄弟中最软弱的,所以继承了最差的房产。现在想起来都很生气。结果继承来的房子完全没有用处,小公寓也都空着。中介的老头儿说'不改造就租不出去',还提出了荒唐的改造方案,被我赶走了。中介完全不想着把空房租出去[①],真令人难以置信。结果就是我每年都要交固定资产税。看着这里的政府官员用税金举办今天这样没用的活动,我就生气。你能帮帮我吗?"

望月女士的语气很微妙,既像阿姨又像外婆。我有些退缩,但还是勉强挤出几句话来。

"真的有可以改造利用的房子吗?下次我们当面详谈,怎么样?"

"哎呀,一定一定。我基本都在东京。等下我要和保险公司的社长们聚餐,今天不能详谈了。那我就先告辞了。一定要跟我联络啊,别忘记了。"

望月女士还没等我回答,就精神抖擞地离开会场去聚餐了。我受到一股莫名的冲击,呆住了好一会儿。我不知道她是真的想租房子给我,还是本来就有困难,总之这不是件坏事。

我放下盘子,跑出喧闹的会场,给佐田打电话。发信息太

---

① 房屋中介的经营者中,经常有顽固的老头要求"必须借贷双方都交手续费",或者坚决不降低房租,以确保自己的手续费收入,这是以前供给长期小于需求那个时代遗留下来的习惯。并且比起租赁中介,买卖中介更赚钱,所以他们不愿意给空房子招租。最重要的是,他们在好年代买了好多间房子,生活宽裕,因此对做中介热情不高。在地方振兴中,与有干劲儿的房屋中介合作十分重要。

第3章 被忽视的角落

麻烦。

"喂,佐田,你猜怎么样?有人来找我商量出租房子的事。我在之前跟你说过的那个同乡会上说了一下想租房子的事,马上就有人来找我了。"

"哦,真的吗?看来多尝试是对的嘛。"

"是一个十字路口拐角处,一栋三层楼的老旧钢筋水泥建筑,你知道那里吗?那以前是一家文具店。"

"哦,我知道,我知道。是那栋小楼吗?"

"是的,还有旁边的一个小公寓也是她的。刚刚房主说这两栋建筑都很让她头疼,所以想跟我商量一下怎么办。刚才时间不够,我打算下次在东京约她详谈。"

"好的,好好跟她谈谈,然后再联系我吧。哎呀,真是个好的开头。"

电话在响亮的笑声中挂断了。正如佐田所说,重要的是积极尝试①。想法不说出来,谁都不会知道。有表达,才有回应;有回应,才有进展。

我意气风发地回到会场,刚才放在那里的盘子已经被收走了。

---

① 对于那些抱怨没有客户、没有合作伙伴的人,我通常会问他们"做销售有多积极""即使没有成果,也会定期召开说明会吗",他们大多是什么都没做。所以,只是不愿花时间而已。如果你抱怨组织机构内没有人理解你,那可以先向机构内的100人进行解释说明。地方政府的一名工作人员就曾在厕所前等待部长,请求在会议结束后用5分钟时间进行说明。以类似的方式向50多人说明之后,他获得了直接向市长进行说明的机会。现在这个人开设了专业部门,十分活跃。在烦恼之前,我们一定可以做的事。

我重新拿起盘子，盛了些所剩无几的饭菜，坐在会场尽头的椅子上吃东西，这时森本跑了过来。总算开始吃饭了，他却又来打扰我了。

"濑户，你去哪儿了？我一直在找你。"

"对不起。我刚才在外面打电话。怎、怎么了？"我问道。心想他一定是来挖苦我的。

"就在刚刚，市长说想直接跟你打招呼。你还吃什么饭呀。这些待会再说吧。把盘子放下过来！快点！"

我被强行拉起来，被拉到市政府工作人员的桌子前。这家伙总是很强硬。

坐在座位上的不仅有市长，还有官员和议长。森本满脸堆笑地说，"这家伙是我的同学，他从前就很迟钝。"说话的口气好像我是他的手下一样。

市长听都没听，从一旁的秘书递过来的名片中拿出一张递给我，大声地说了起来。

"我是渡部。你怎么称呼来着？是濑户君吗？刚才听了你的发言，让我意识到我们市还有很多商业设施可以开发。现在市里已经和国土交通省来的八木副市长①他们一起开始制订市中心振兴计划了，你给了我们很多参考。很多事想听听你的建议，下次一定要和我们的人谈谈。拜托了。"

---

① 在有些地方政府中设有国家各部门派遣的官职。在建设大型项目时，市长有时会直接请求省厅派遣人员。这样做的目的通常是更容易获得国家预算。派来的担任副市长等职务的官僚与当地市长一起建设的"示范产业"，虽然投入了国家预算，但有时最终会成为地方沉重的负担。

第 3 章　被忽视的角落

他缓缓地伸出手，我也慌忙伸出右手。他的握手充满了政治家特有的力量。临别之际，他拍着我的背说，"拜托了。"但我当时完全不知道该怎么做。

梅雨过后的一天，我和找我商量房子的望月女士约好在东京的田町碰面。见面的地方是小巷里的一家荞麦料理店。我比约定早到了一点，正当我拿出电脑准备回复邮件时，听到了店员的声音。

"您的同伴来了。"

望月快步走了进来，还没落座就突然开口了。

"哎呀，你这么忙，真是抱歉。我都跟刚才见面的朋友说了待会儿有约，可对方还是说个不停。大婶们真是讨厌啊，一聊起来就没完。不过那个熟人啊，儿子回来跟她商量孙子上学的事，所以就表达了自己的意见，结果儿媳却突然说现在已经不是你们老一辈的年代了。明明想要老人补贴一下孙子上学的钱，却还不让老人说自己的意见，这样的儿媳实在是太可笑了。你不觉得吗？"

"嗯。是、是啊……"

面对突如其来的机关枪式的话，让我更加没有自信和她单独相处了。

"啊，对了，今天的正题，差点忘了。你喝啤酒吧？"

"啊，是的，我喝。"

"服务员！这里的服务员可真不怎么样，半天都不来问我们喝什么。真是的。"望月女士抱怨道。

或许从声音的大小听出了客人的性格，店员快步走了过来。

"给我们两杯啤酒。请快点。"

看来望月女士对任何事都很急躁。

"对了对了，上次说到哪里了？"她问道。

"因为您丈夫去世，所以您继承了房产……"

"对！我很为难。前几天听了你的发言，我就想让你帮忙想想办法。光收税金的财产算什么财产，什么财产都是亏钱的！我老公真是的。"

为了避免她的情绪过于激动，我勉强插言进去。

"我、我们也很烦恼。如果能将您的房子租给我们，那就太好了。我给合伙人打了电话，他也很开心。"

其实，我也向母亲询问了很多，得知望月家和我父亲生前有一定生意上的往来。老一辈，也就是望月女士的公公在商店委员会和社区委员会中都十分照顾我们家。但我母亲好像只知道他们家的儿子考上了东京的大学，在一家很优秀的公司工作，没想到儿子竟然已经去世了，母亲很震惊。

我这么一说，气氛更热烈了。虽然我只说了一点，但谈话进展得很顺利。

"按前几天你在电话里跟我说的，我把手头有关房屋的资料都拿来了。只是详细的图纸不在我手里，怎么办？就算让我想办法我也没办法。"

"这样啊。我们的同事中也有建筑师，所以我想只能去现场看看了。另外，我也想请您看看我们的店，所以我们到当地见面谈怎么样？"我说道。

"好，那就这样定了！"

望月女士边说着，边从包里拿出皮革记事本，开始跟我约定时间。

据佐田说,老旧房屋大多已经丢失了详细的图纸,甚至连确认建筑和建成后的检验证明都没有,常常无法对房屋进行大幅度的改造①。望月女士手里虽然没有图纸,但起码有其他文件,所以可以暂时放心了。

日本婴儿潮出生的一代纷纷进入了靠养老金生活的时代。如今他们在地方城市的房产,都是由曾经背井离乡上学或工作的儿女继承。因此,房主不在当地的情况十分普遍。更麻烦的是兄弟共同拥有一栋楼,或是"分别所有房产"的情况②。很多时候乍一看好像是空置房屋,但想要真正使用却非常困难。

从这个意义上来说,这次的商谈十分幸运。身处外地的房主主动联系我,而且也不是"分别所有房产"。

就这样,佐田的"下一步棋"终于要开始动了。

---

① 日本的建筑基准法提倡"拆除旧有建筑,重建新建筑为最佳",因此也被揶揄为不是建筑基准法而是"新建基准法"。美国的房地产交易中有90%是二手房交易,在英国和法国的比例也有60%~80%。近年来,日本终于采取了加快二手房流通的政策,但至今二手房交易还不到15%。一方面投入预算用于减少空置房屋,另一方面又允许在原本是农地的地方开发住宅,建造高层商品房,相互矛盾。德国的对策是对人口减少的城市不予开发许可,或者拆除公共设施,转而租赁当地空置房屋。我们可以向欧洲学习,调整供求关系,保证房产价值。

② 不同部分由不同人所有的房产被称为"分别所有房产"。看似是一个整体的商住楼,有时每个楼层的所有者都不一样。有的公寓,即使是同一楼层,每间房的所有者也不一样。如果小块土地的所有者各自建造楼房,就必须建造楼梯、电梯、通道等公共区域,可出租面积就会减少。因此,很多人通过建造共有楼房来压缩公共区域,增加可出租面积。但是,这种情况往往很难就重建或修缮达成共识,最终只能任由楼体逐渐腐朽。

> 专栏 3-1

地方创业"选址"的重要事项

经济衰退的地方与充满活力的地方相比有一个优势,那就是"房地产价格低"。创业中最大的成本是人工费,其次是租赁费用。

然而,有些城镇虽然经济衰退,但曾经的中心商业街的房主们并不缺钱,所以非但不会降低租金出租空置店铺,还会索要高额的房租保证金。即使建筑老化,也要求租户搬离时必须恢复原状等。正因如此,导致供求不一致,店铺只能一直空置。

另外,人们往往认为临街店铺更加方便,但实际上城镇交通以私家车为主,只要"目的地"明确,人们开车在大范围内移动完全没有问题。因此,要明确目标客户,而不是依赖偶然路过的客户。在此前提下,即使不是主干路,而是小巷甚至是山上,都可以作为选址地点。

在栃木等地大受欢迎的日光咖啡馆的经营者——风间先生,开店起初走访了当地的"卷帘门大街"。但是,对方开出了过高的房租,令手头几乎没有资金的风间先生无力承担,只好把自家房屋闲置的部分重新装修,作为日光咖啡的总店"Cafe 飨茶庵总店 根古屋巷路地"开业。他从朋友那里收集废弃用品作为店铺装饰,DIY 设计了店铺。开业初期几乎没有客流量,导航也很难找到,只有附近的居民光顾。但之后通过口碑传播,很多客人特地远道而来,甚至很多人想在此开店。不管人流量多少,只要按初期的商业规模来看具备良好的条件,就是创业的好地段。

> 专栏 3-2

为资金烦恼前应该做什么

在地方城市,我们经常听到"没有资金无法创业"的声音,但我们需要认真思考"资金是否真的必要"。很多人根据当地的经济状况、个人过去的业绩和经验,都认为投资需要大量资金。即使是很难收回成本的事业,自己也不准备资金,而想通过融资去做。很多人认为地方振兴是为当地、为他人做事,所以理应用他人的钱去做。但创业终究是由经营者负责。

先用自己的资金投资,尝试力所能及的事业。如果成功了,就会产生利润,积累资金。不必建造新建筑,而是可以通过改造使旧建筑焕然一新,也可以开展低成本的网络服务,或是在当地开展活动等来积累资金。如果资金有限,那么第一步就要考虑用现有的资金能做什么。

即使获得很小的成功,周围人的看法也会改变。通过熟人、朋友的投资等方式确保拥有更多的自有资金后,就可以从银行、信用金库等各类金融机构获得贷款来进一步发展事业,进而开始更大的挑战。

另外,一开始就轻易使用最近常见的众筹也十分危险。众筹必须是在自有资金和业绩累积了一定的基础上,作为提前销售的一环先拿到资金。单纯因为资金不足,所以从他人那里募集,如此只顾眼前的态度早晚会出问题。地方创业之初,在为资金烦恼前,更重要的是重新考虑创业方式。

第 4 章

批评家们的咆哮

第4章　批评家们的咆哮

有钱能使鬼推磨

在地方即使获得很小的成功，也会改变周围人的看法①。

说"那种店铺三天就会倒闭"的人，突然有一天会说，"我早就知道你肯定能行"。还有人起初说"那种小店根本赚不到钱。我们这都辛辛苦苦做了几十年了都不行"，之后又在酒局上态度180度大转弯，说什么"我们店的生意都被他们抢走了"，就像得了被害妄想症。承担可承受的风险，开创自己想做的小事业，会在人际关系紧密、等级分明的地方城市引起轩然大波，产生各种各样的麻烦，对此我深有体会。在内心深处，我一直以为勇于挑战就会得到别人的称赞，但事实恰恰相反。无论做什么都会遭到批评，还有人说我老奸巨猾。也正因如此，我才更加珍惜支持我的人，珍惜和我并肩作战的人。

望月女士的楼房改造之初进展得很顺利，但我们在租金和房主投资金额等问题上突然陷入了僵局。

望月女士反复强调自己不懂经营，完全没有投资的想法，也就是说她根本不懂投资也没有兴趣，但又想多分利润。我虽然可

---

①　总有人在你创业之初说你不行，在你成功后又说钱都被你赚了，业绩下滑则又说你得意忘形。但无论别人怎么说，只要有客户的支持，就能维持事业，只要纳税，就对社会有贡献。如果盈利，还可以赞助或投资其他事业。认为"地方整体衰退"才是对的，谁做得好就拖他后腿，这样的思想在地方城市十分猖獗。重要的是，不要被魑魅魍魉的恶言恶语所伤害。

以理解她的心情，但楼房本来就无人使用，不投资只获利根本不现实。佐田说，像望月女士这样顺其自然继承房产的房主中，有不少人对经营一窍不通。但我不久前也是如此，不能因此就小瞧他们。世界上了解房地产和房产经营的人反倒是少数。

现在想来，是我过于天真了。仅仅带着望月女士一起参观了我家老房子改造后的样子，就想着她也能和我们有相同的想法，加上急于实现下一个项目，我过于草率地开始了行动。

当我谈起改造计划、改造金额、收益分配等跟钱相关的话题时，望月女士的脸色突然变了，她完全没有投资的想法。她似乎认为所有事都由我们来做，自己坐等拿钱就行了。

彼此的"想法"差异太大。自己的房子下决心改造都很困难，他人的房产更是难上加难。

我和佐田考虑的改造计划如下。首先，制订楼层的使用计划。3层将作为佐田公司的事务部门办公室，让公司里负责"间间间"运营管理的员工在此兼任会计和电话接待等业务。业务量虽然有所增加，但员工的收入也相应增加了。

2层部分，我们计划引入"共享美发店"。几年前，这里曾经开过一家美发店，器材尚在，因此只要对内部稍加翻修就可以使用。佐田认识的朋友中有很多美发师，基本工资不仅低得离谱[1]，

---

[1] 很多经营者对店铺整体的低效放任不管，只将"顾客多、能干的员工"作为赚钱的工具。在需要器材投资的服务行业，由于从业者工资较低，即使本人再优秀也常常因为没有资金而无法独立开店。在这种情况下，共享型店铺应运而生。这是一种由多个"能干的人"共享器材和员工的商业模式。器材可以租用此前租户留下的。还可以平摊接待、助手等费用。在房屋和器材过剩的时代，从业者如果能转变思维，更合理地开展事业，即便在地方城市也能赚到钱。

第4章 批评家们的咆哮

提成也少得可怜。有的人每月能收到几十人指名服务,却收入微薄。不少年轻美发师因为担心独立开店会受到骚扰(有数据显示,日本7成以上的美发师为女性),只能忍受廉价为别人打工,而又不得不在晚上去夜总会等场所兼职,由此佐田便想到了"共享美发店"。

"我说,你自己独立开店怎么样?投资装修什么的我来做,你那边什么都不用操心。"佐田跟认识的美发师一说,不一会儿便有4个年轻美发师说要来,她们手中可都有100多位常客共享美发店里的6个位置马上就要满了。

1层部分,因为我家的老房子改造经营得很成功,所以相当多的商户都很感兴趣。经过一番考虑后,选择的是本地海鲜批发商直营的寿司店①。在小楼的入门处又引入一家10平方米左右的花店,提升楼体整体的华丽感。4层以上暂时搁置,先使用1~3层,然后分阶段改造至6层。

但是,最为关键的交涉并不顺利。如果现在决定放弃,会给已经谈好的商户添麻烦。但如果大部分收益被不投资的房主拿走,那么我们的成本回收周期就会变长,风险与回报不成正比。我们需要一个与我家老房子的成本回收模式不同的解决方案。

---

① 在地方水产需求减少的背景下,很多水产批发商通过自己经营餐饮店大获成功。酒馆也是同样状况。本地的店铺减少,仅剩连锁店,导致批发商没有用武之地(因为连锁酒馆的食材均由总公司调配),所以只能自己经营餐饮店和酒吧。一来可以以批发价进货,二来事务性工作可以由既有公司完成。接下来,只要能开一家独具魅力的店铺,确保营业额,利润率自然就会提高。近年来,地方城市中此类批发商和生产商直营的餐饮店逐年增加。

"真是棘手啊……"佐田嘟囔着。

"确实呀……"我也不由得回应。

佐田的办公室里,我和佐田盯着资料。

从刚才开始,我们就一边嘟嘟囔囔,一边在房间里踱来踱去,却怎么也想不出好的方案。佐田看着房屋图纸喃喃道。

"话说回来,那栋小楼的维护费现在是多少?望月大婶现在要我们付这么多房租管理费,是因为她负担很重吗?"

"我确实没问她现在负担多少钱。"我回答。

"先不说房租的事,问问望月大婶现在的小楼维护费是多少,她到底需要多少钱。如果能降低维护费,我们两边都能减轻负担不说,还能将削减的经费变为利润。"

佐田的话提醒了我。我一直都只在意"自己付出多少",而从未问过望月女士承担了多少维护费用[①]。既然对方不愿意投资,就只能整理各类合同,寻找"止血"方案。

"望月女士,这栋楼的电梯管理费和安保合同是怎样的?"

佐田单刀直入地问道。对于这个意料之外的问题,总是不假思索回答的望月女士,眼神瞬间变得飘忽不定。

"……管理费用是每年从银行账户自动扣款。继承的时候,零散的合同已经没有了,每月就是按照以前那样自动扣款。费

[①] 很多地方的房主不知道自己的楼每月每坪需要多少维护费,只是稀里糊涂地出租。只想租金越多越好,但却不太考虑缩减成本。整理一下就会发现,委托的管理公司往往相当不负责任,前任社长在50年前口头约定的费用,到现在还在向房主索要。昂贵的维护费转嫁到了房租和管理费中,导致招租困难,难以提高利润,陷入恶性循环。

第 4 章　批评家们的咆哮

用很高，对方说因为楼过于老旧，所以没有办法。另外，对方还说电梯已经旧到没有可替换零件了，今后需要更换电梯。哪儿哪儿都需要钱，真受不了！"

虽然没有具体提到金额，但从望月女士说话的语气可以听出她的困扰。

"我昨晚突然想到，我们可以重新梳理下现在支付的金额，来改善小楼整体的收益情况。如果能减少费用，就算不增加房租管理费，也能提高收益，望月女士的分成也能增加。"

我把昨晚佐田说的话原封不动地讲给了望月女士。

"可以吗？也许行得通呢。这样的话，我回到东京后把每月自动扣款的费用整理一下再联系你。你们帮我出出主意吧。如果真的胡乱扣了我很多钱，我一定饶不了他们！"

果然如此。因为望月女士认为今后小楼翻修可能花费巨大，所以才想着多攒些钱。既然如此，那就还有胜算。沉重的气氛似乎稍微缓解了一些。

几天后，佐田收到望月女士寄来的复印件，大吃一惊。

"这也太贵了啊……"

我们猜对了。

他们利用继承人没有房产管理经验这一点，收取了高得离谱的管理费。虽然签订了电梯、楼层清扫、垃圾处理、消防设备检查、机械设备安保等各类合同，但很多相关管理公司根本没按照合同要求做。

"几乎全都是我们的两倍。也不是什么了不起的大楼，垃圾处理和楼层清扫却几乎是我们的三倍。真是过分啊。"

佐田笑着把大拇指和食指捏在一起,比画出钱的手势。

"分开重新估价,看看能降低多少。光是这样就可以改变不少。"

"那我先咨询几家本地的电梯管理公司吧。"

我正要打开电脑,却被佐田制止了。

"先等一下。今后也会有物业咨询的事。只解决个别问题也没多大作用。正好做物业的种田君上次回来的时候找我来着,拜托那家伙看一看吧。他高中时期欠我不少钱,肯定会好好做的。"

"佐田君你才是还欠学弟们不少钱吧。"

"傻瓜!我可没问别人要过什么。大家都是觉得我可怜才'给我'的。别说得那么难听。"

我那时也曾被佐田欺负,被迫借给他不少钱……我心里这样想,却说不出口。

佐田露出邪笑,立刻拿出手机给种田打电话。

"喂,是种田吗?好好听我说话,你就回答"是""好的"就行了。"

"什、什么事?……学长你太吓人了。"

我在一旁,都能感受到电话那头种田的不安,或者说是害怕的样子。

"这次要改造的楼房,物业管理费太贵了。我想一下子把它降下来,但品质不想降低。你能不能给我报个价,或是提提建议?"

"好、好的……不过没有详细的资料,我也无法计算,您方便寄给我吗？"

不愧曾经是学校社团前后辈的关系。即使毕业了也无法改变这种关系。我马上把资料整理好发给了种田，第二天他就把重新计算过的资料寄来了。根据新的计算，目前每月20万日元的物业费，大致能降到10万日元以下。一年能省出120万日元。重要的是，削减的费用能够直接变成收益。

资料刚到，佐田就接到了种田的电话。

"我回老家才发现很多物业公司都是通过虚假服务牟取暴利。很多房主也因为过去一直合作，便把一切交给对方。今后如果还有这样的物业管理，比起每个房产分别找管理公司，不如统一交给一家公司管理效率更高。"

"原来如此，统一管理会好很多吗？"

"那是自然。比如垃圾处理，如果一家公司负责这个区的2栋楼，另一个区的3栋楼，分散回收处理的话，人工费和汽油费就会增加，利润就会相应减少。但如果能在一个地方统一负责10栋楼的话，就能一次性回收处理大量垃圾，提高效率。这在电梯的保养检修等所有方面都是适用的。密集度越高的合同越好。"种田认真地说。

"原来如此！看来还是重新调整一下比较好。可你们家公司为什么不这样做呢？"佐田问道。

"我父亲向很多房主提议过。不过，越是老人越不愿意透露物业管理相关的信息。最终都以不想信息泄露或不想和周围讨厌的人一起委托管理为由，拒绝了建议。到头来大家还是分别跟不同的公司签合同。"种田回答。

"真是愚蠢啊。不过反过来说，这也给了我们机会。"佐田说道。

据种田说，当地只有一小部分中小型建筑①实现了统一管理。连锁店按照总部或街区统一管理，而其他中小建筑和店铺则被迫签订了价格更高的合同，导致利润率降低。

"在地方这种事再正常不过了。我们先向望月大婶提议看看吧。到时你也去吧。"佐田对种田说。

"好、好的。那到时候请多关照。"

种田战战兢兢地回答。如果提议获得认可，对我们、种田、房东来说都是实实在在的利好。我们似乎找到了新的突破口。

那个周末，佐田、种田和我一起向望月女士提出了新的计划。平时一直很强势的望月女士，今天看起来有些不安。

我们想要告诉望月女士，有一种既不承担太大风险又能提高收益的方法，以便消除她对未来的担心。

佐田开口道："我们会找好的商户保证营业额。另外，将目前的物业管理调整得更为合理。通过这两种方法提高利润，并进行分配，如此对望月女士您来说应该没有太大的风险。这次制订了包括楼体翻修改造费用在内的计划书。我们会根据计划书推进，望月女士您大可放心。"

---

① 地方的经营者一般不会在当地谈论自己的销售额和利润，也不会与人分享经营上的问题并寻求帮助。因为彼此是竞争对手，赚钱会遭人嫉妒，不赚钱又觉得丢脸。但由于信息不共享，应该统一做的物业管理等也难以实现。甚至有的商业街存在多家商工会，导致很多商铺因无法得到支持而倒闭。地方应该摒弃狭隘的世界观，建立共同对外的意识。

第4章 批评家们的咆哮

详细提议则由种田进行了说明。

"没想到一直以来竟白花了这么多钱，真是太恼火了！我要跟那家管理公司解约，换到你们这儿。我之前不知道以后的翻修改造还要多少钱，一直很担心来着。现在放心多了。"

佐田向这边使了个眼色，望月女士此前果然是担心未来的事。

"哎呀，收到复印件的时候我们真的很惊讶。目前为止您白交太多钱了。如果按照这次的提议制定翻修改造预算的话，风险并不是很大。可以安排合同了吗？"

望月女士大概也理解了，立刻回答道。

"我知道了，你们安排合同吧。"

我们高兴地对视了一眼。当初担心的事情，不仅得以解决，还让我开始关注地方全域的物业管理费。在创造新的收益之前，改善现有的费用可以帮助解决地方存在的问题。"量入为出"[①]这个原则不仅适用于一栋楼，而且适用地方全域。

"好了，现在开始忙起来吧！"

回家路上佐田的一句话，让我的心情不可思议地高涨起来。因为忙而高兴，这是在公司的工作中已经忘记了很久的感觉。

---

① "量入为出"是中国古代典籍《礼记·王制》中"以三十年之通制国用，量入以为出"中的名句。指预测30年的收入并进行适当的投资实现增长，每年从收入中拿出必要的经费，并收回初期投资。建设了北海道札幌雏形的大友龟太郎，曾投资3000亿日元用于农地开垦。他从一开始就制订了详细计划，包括30年的整体收支和农民移居。现代社会，很多人总强调资金不足。重新审视支出，将其改为营收，以营收为基础筹集更多资金，投资下一个项目，如此才能振兴地方。

"我们又不是小孩子"

"今天我们正式开业！简直就像做梦一样！"

开业典礼上，也许是因为紧张，望月女士的声音比以往任何时候都高昂。她妆容精致，发型也明显精心设计过，看上去像是今早刚刚去过美容院。

站着的参加者之间，吹过一阵舒适的秋风。

在那之后，望月女士的楼房翻修改造进展得十分顺利。在秋意渐浓的 11 月，顺利迎来了开业。季节适宜，开幕仪式上来了很多人。其中，还有很多素未谋面的人，甚至有人向我搭话："您是濑户先生吧，我一直很期待你们接下来的项目。"

好像是经常光顾集市的人。陌生人对自己的期待，以及达成了一点点期待所带来的自信在我心中萌芽。我感到自己的努力在不知不觉中掀起了巨大的浪潮，心中热血澎湃。开业首日在空前活跃的气氛中落下了帷幕。

我们一开始计划让低层先行营业，高层以后再制订计划。但随着顺利开业，不断有人询问是否有可出租的空店面，还有很多人咨询老房屋改造再利用的方案。

现在已从逐一解决问题的阶段，变成了要一同解决多个问题的阶段。大量的咨询让我们应接不暇，人也变得急躁起来。

第4章 批评家们的咆哮

我在每月一次的例会上向佐田表达了自己的担心。

"最近咨询的邮件越来越多。虽然我看到就会尽量回复，但我最近的本职工作也很棘手，无法及时回复，长此以往我担心会失去信用。"

"确实是个问题。"

佐田一反常态地缓缓说道。

"现在这样一件一件处理还没什么大问题。但为了由被动变为主动出击①，必须要改变方式。迄今为止我们都是先有咨询，再商讨对策，从今以后我们要先考虑'我想如何改变这座城市''我想让什么样的人来这里'。若非如此，所有的策划就只能是分散的②。"

我没有异议。如果一直被动对待，难得那些热情创业的人，或是来咨询如何盘活店铺的店主们，就会失去信心。所以必须从根本上改变方式。

"不过……"

佐田改用强硬的语气继续说。

"解决的方法并不难。要么你回到这里专职好好做，要么雇一个能干的人，两者选其一。"

---

① 尤其需要注意的是，不能一开始就雇用专人。理由有三：（1）起初很少有需要全职做的日常业务，人工费只会消耗毛利。（2）完全可以将事务性工作等委托给相关公司。（3）如果雇用专人，其他人员会产生依赖心理，不再尽全力。每个人都在工作分担方面抱有主人翁意识，才能在日渐衰退的地方取得突破。

② 在很多地方城市，第一次创业可以凭借热情获得成功，但往往在开始获得收益时就疏忽大意，无法推进下一步发展。即使第二个项目也得以顺利开展，但如果各个项目没有共同的愿景，就难以维持。有效的方法是重新整合。

他比画出2的手势，另一只手则交替触摸着这两个手指。

"无论什么事，该做的时候都要由该做的人自己下定决心，否则不会有进展①。"

佐田说完便站起身，用力拉开拉门，走了出去。

那天晚上，我辗转反侧。

虽然钻进了被窝，但心里还是不踏实，难以入睡。我拿起手机，开始搜索"辞职方式"。自己当初是为了处理老家店铺才频繁回家乡，没想到现在竟已开始考虑辞职。我躺在被窝里慢慢冷静下来，却又忍不住笑了。

我不擅长选择放弃。在能考上的大学中选择学校，大家都说要去东京，我也跟着去东京，在为数不多能拿到内定的公司中，选择了现在的公司。回想起来，迄今为止我都是选择去做什么（虽然都不是自发性的），而没有选择放弃什么。

虽然公司工作很辛苦，但我并不讨厌。只是，由于公司内部过于频繁的调整和上司的一手遮天，我曾不止一两次有过辞职的想法。但我没有真正辞职的勇气。因为除了现在的工作外，我一直没有什么真心想做的事。但老家的项目却是自己决定，自己负责的。取得成果，就会受到好评，还能获得收益。而这笔收益确确实实增加了自己的收入。

我现在多少能理解祖父那句"做生意是不会腻的"的口头禅了。公司工作在告一段落时，脑海中会闪现就此停下的想法，但现在因为是好几件小事同时做，所以不知道哪里才算是

---

① 事情没有进展，大多数时候是因为当事人没有下定决心自己做，而是希望有人替自己做。强制分配工作没有任何意义，自己做才是基本原则。

告一段落。各种各样的想法在我的脑海中闪过又消失。

自家老房子和望月女士的楼房租金会每月打入我和佐田的新公司账户，所以收入为零的可能性不大，并且下一个项目也有了眉目。尽管如此，也许是习惯了把未来交给公司，让公司为自己提供保障，所以对于自己保障自己未来的生活，总有很大的心理压力。新公司发展到什么程度才能安心辞职呢？其实只是自己不够果断，想把责任推给周围人而已。

"不决定自己做，事情就无法进展。"

佐田的话既清楚又沉重。

一个人烦恼也没用。回到东京后，我约同事佐佐木喝酒。一见面我便开门见山地说道：

"我、我想辞职……你觉得如何？"我几乎没有跟周围人说过自己老家的事，但偶尔对意气相投的佐佐木提起过。

"啊？辞职吗？为什么？"

佐佐木虽然个子高，却很瘦弱，所以没有压迫感。和我一样都不属于个性张扬的类型，在公司里也不太引人注目。因为工作认真，所以他总是被派去做别人都不做的工作，在公司里比较吃亏。我们是一类人，自然聊得很投机。

"之前跟你提过的创业，已经比较稳定了。现在有很多人都来咨询店铺的事，所以我想今后专心做这方面的工作也不错……"

"那个家伙，你老家的，叫什么名字来着？以前总欺负你。你是和他一起做吧。"

"佐田。"

"对，对，你当初不是担心那家伙又让你跑腿吗？"

"刚开始的时候确实很担心。但他其实很了不起。单凭自己做成了很多事，虽然我们同岁，但他已经走在我前面了。"

我诚实地说出了自己的想法。

"不过，生活没问题吗？我完全不认为这样能养活自己。虽然不太起眼，但在公司继续干下去，很有前途，也比较放心。"

"唉，说不担心是假的。不过我现在很开心，也很充实。现在做的事已经有收益了，目前来看未来也不太可能收入为零。此前我一直都是随波逐流，这是第一次感受到自己下定决心也能做成事。"

佐佐木一脸愕然，一副完全没能理解的表情。

"你说的都只是现在吧。所谓事业，何时会变得如何根本无法预测啊。你又不是小孩子。因为开心就频繁换工作可是没有尽头的。何况是在地方创业，太不现实了。更要慎重啊[①]！"

来之前我心中有一种淡淡的期待，希望能得到佐佐木的支持，结果有点受打击。不过要是换作之前的我，恐怕也会说同样的话。佐佐木的反应，让我仿佛看到了一年前的自己。在公司里过着普通白领的生活，无法了解外面广阔的世界[②]。我体验到了其中的乐趣，也在一点点改变。最后我含糊地回应着佐佐木，直到结束。

---

① 听取公司同事意见，几乎都会遭到反对。一是因为他们除了白领生活外，并没有体验过其他生活。二是因为自己都在忍耐工作，不愿相信别人会创业成功。因此，最好是听取处于自己理想境遇中的人的建议。

② 高中时期，我做商业街振兴事业公司的社长时，最反对的是和我一起参加商业街活动的大学老师们，他们认为"这有损我的职业生涯"。但在高中、大学时期就开始创业的朋友和从小就帮忙做生意的人看来，根本不存在"有损"。结果是我现在做了别人做不到的、特别的工作，没有止步不前，真是万幸。

第4章 批评家们的咆哮

"你去东京念大学,工作了这么久,这种程度的推算不应该马上就能做出来吗?"

回家的路上,佐田之前说过的话在我脑海中闪过。迄今为止的人生,我都只是做好份内的工作,没有做过任何从零做起的事情。但现在我已经明白了自己做某件事的乐趣,以及和伙伴们一起完成某件事的成就感,并以此获得回报。这是一种永不厌倦的工作状态。事到如今,我再也无法回到过去。

那天晚上,我犹豫了好几次,还是下定决心给母亲打了电话。

"妈,我想辞职回老家……"

过了一会儿,我听到了母亲严厉的声音。

"这样啊。你有自信能自己做好吗?如果你想依赖佐田他们,想着让他们为你做什么的话,那还是趁早放弃的好。因为那样很容易受到周围的影响,无法坚持下去。所有事都是如此。"

母亲的话与其说是对儿子的想法感到惊讶,不如说是为了总会到来的那一天提前准备好的回答。当然,像以往一样,母亲的回答不会改变什么。

"我知道。佐田也跟我说,这需要你自己决定。"我说道。

"是的。我知道你做得很开心。如果你真的想做就试试看吧。反正也不会死掉。我当初嫁给你爸爸的时候完全不明白做生意的事。后来你爸爸去世,我不是也一路做着生意过来了嘛。如果要做就好好做吧。"

我最后的一丝不安被一扫而空,身体也变得轻快起来。我甚至对自己此前的烦恼感到羞愧。其实我早已下定了决心，只是害怕遭到反对，只是在意周围人的目光罢了。

我从未像现在这样感激母亲，每当我有烦恼，她总是无条件地支持我。

"课长，我想明年2月底辞职。"

听到我说想辞职，课长相当震惊。课长的反应同佐佐木一样，"靠那个能吃饭吗？"

考虑到工作交接，我和周围人商量后，决定2月末辞职。我计划在公司工作到明年年初，在那之前完成交接工作。这次真的回不到以前了。

我出了公司马上联系了佐田。如果自己没想清楚，就无法跟佐田说。所以此前的一个多月，我在电话里除了老家业务上的事，什么也没跟他说。

"我已经决定了，明年2月辞职，安心在老家创业。"

"哦，看来下定决心了。那个不懂事的濑户，真是长大了啊。"

听到佐田那熟悉的大笑声，我不自觉地对自己的决定充满了信心。

"这个月回来的时候，我们团建去温泉住两天吧。然后再决定明年的事！"

"嗯，知道了。我会把时间空出来的。"

一眼看到头的未来未免无聊，所以我想赌一下自己开创未来。即便日后后悔，也好过没有做决断而后悔。

第 4 章 批评家们的咆哮

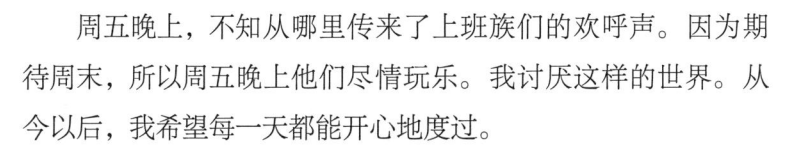

周五晚上，不知从哪里传来了上班族们的欢呼声。因为期待周末，所以周五晚上他们尽情玩乐。我讨厌这样的世界。从今以后，我希望每一天都能开心地度过。

担心依然存在。但是曾经辉煌的东京对我来说已经黯然失色，不再是我想留下的地方。

下定决心后

"头,好痛啊……"

我慢慢地从被窝里钻出来,走向冰箱喝水。佐田还在大声地打着呼噜。决定辞职后回到老家的那个周末,我们举行了团建。

项目从一个增加到两个、三个,如果每一个项目都开会,很难调整时间,效率也不高。所以佐田提议,全体成员定期以2天1夜团建的名义,集中见面开会。如果有新成员加入,通过这种形式面对面说话也更容易增进彼此的信任。出现意想不到的危机时,精神团结的力量不可小觑①,参加团建后我再次深深地感受到了这一点。

虽然大家都因为宿醉难受不已,但积压的项目一下子就确定了方向。正如佐田所说,抽出时间集中精力更有效。

"起床了?"

野野村亘冷冷地跟我说话道。他是建筑设计师,比我年

---

① 创业初期会出现各种各样的问题。项目几乎不可能按照计划进行。需要多次调整方向,而同伴间经常会围绕方向发生激烈的争论,有时还会有外部的横加干涉,出现混乱。因此,创业初期最好只和能写下"血书"的伙伴合作。为了在当地获得信任,拉拢无用的重要人物,或者与能力强但沟通不畅的人组成团队,多数难逃解散的命运。在考虑做什么的同时,也要重视"和谁一起做"。

第4章 批评家们的咆哮

轻，但沉默寡言，给人一种奇怪的压迫感。他好像早早就起床了，正坐在沙发上确认图纸。

"早、早上好。你一大早就开始工作了啊。真厉害。明明喝了那么多……"

"只是确认图纸而已。现在这个世道，不是多面手就没饭吃。这个混账行业。"

他的目光没有离开电脑，只是一如既往地口齿不清。

野野村在东京的设计事务所工作，后来回到地方自立门户。虽然他态度冷淡，但工作效率奇高，作为新项目的成员，给了我很多帮助。

"早啊。我喝多了吧？"

田边翔起床后跟我们简单打了个招呼。他在当地做免费杂志的广告销售，人脉很广。他本就认识佐田，但只是单纯的酒友关系。我们考虑到以后要同时在多个据点开展业务，宣传必不可少，所以佐田"强迫"他参加了这次团建。

毕业于艺术类大学又擅长插画，他从设计促销品到拓展销售渠道，提出了很多我们根本没想到的创意。

"田边先生能有这么多好的创意，真的很厉害啊。"

"不不不，只是突然想到而已！要是平时也能想出来就好了，不喝酒根本想不出来啊。"说着，他打开一罐啤酒，喝了起来。

"又喝？你不难受吗？"我不免为他担心。

"难受才要喝。濑户也要喝哟。"田边轻描淡写地说。

"不、不，我……"

酒量不大的我一时间语无伦次。这时，佐田懒洋洋地起来了。

"噢，已经开始喝酒了吗？喝倒是可以，但是昨天晚上聊的内容，在忘记之前得先写下来。"

他提醒过我们后，说要去泡温泉，便走出了房间。我慢慢打开电脑，开始将昨晚的内容记录下来。

一直以来我都是把工作交给别人，但下定决心要将改造重建事业作为自己的本职工作后，终于和大家一样了。只是，以前的立场是什么都让别人决定，自己尽力协助。但现在必须自己提出想法，自己行动。这种压力让我无法花时间悠闲地泡温泉。

辞职后，转眼已经过了4个月。

每天挤电车通勤的日子仿佛已经十分遥远。在东京的生活很充实，但每天被忙碌的生活冲淡，没有什么特别的感觉。我已经很少想起那样的日子了。

这段时间里，望月女士的楼房以运营中得到的收益为资金，对高层也进行了改装。

在本地经营着几家合租房的人建议不要将高层改装为商铺，而是改造为人与猫一起居住的"猫咪合租房"[1]，最终我们

---

[1] 流浪猫×合租屋之外，还出现了锁定特定目标客户而取得成功的案例，例如"cosplay写真馆""排球馆"等。这些案例的目标客户并非大众，尽可能避免了激烈竞争。我将这种营销方式称为"针孔营销"。重要的是，致力于这些事业的人必须具备在特定市场中进行营销的能力。如果单纯是想出一个"独特理念"，往往会因无法在特定市场进行销售而失败。

采用了这个方案。

我家老房子的邻居也找到我们,说想要改造房子的一部分。所以按照我此前的意愿建造成广场一样的后院,和隔壁的后院连接成了一个更大的庭院。然后,把邻居空房子的一部分改造成了糕点工坊和咖啡馆。制作糕点的则是当地的奶农。

奶农打算先用自家做的奶酪制作多种蛋糕,未来从这里慢慢开展批发业务。这也符合我们的宗旨——"生小养大"。

梅雨季节里,每天持续着潮湿的天气。我坐在吱吱作响的旧椅子上整理资料。

近一个月来,佐田多次催促。

"喂,濑户,再不准备就来不及了。"

说好听点,我是个谨小慎微的人。但实际上我做什么都很慢。

"是、是啊,不过我还没来得及向各家店铺说明……"

"眼看就要到夏天了,你要在梅雨结束前做好准备呀。你是怎么推进的?"

"可是,不好好听取大家的意见,会有人反对或者不接受……"

"你这样肯定会遭到反对的。我负责向各家店铺进行说明,你负责资料和其他的进度管理。就这样定了。话说像你这样工作在东京能拿到工资吗?"

佐田显得有些不耐烦,突然决定把交给我的实质工作收回去,重新由自己负责。

东京的公司分工明确。因为后勤部门很完善，各种经费处理录入系统便万事大吉。但现在在这里完全行不通。即使有问题，也没有上司来处理，全部由自己负责。自己创业什么都需要自己做。

佐田不会配合我的速度。项目必须进入下一个阶段。

"目前为止我们都在竭尽全力进行各个改造项目，并未理会各家店铺招揽新客源的事。但客人是会慢慢减少的①。所以在做改造项目的同时，我们还要兼顾招揽新客源的工作。另外，入驻我们据点的店铺越来越多。偶尔也需要创造将相关人员聚在一起的机会。所以，我们举办一次"榉屋庆典"吧。现在虽然不能一下子都做到完美②。但在庆典这天，我们查缺补漏，尽量做好吧。"

为了配合庆典，需要根据各家店铺的产品内容制作宣传单，相关推进工作由我负责。我还要重新走访已经有宣传单的店家，修改完善宣传信息。

"你听好了，大多数的成熟店铺基本不会进行新的尝试。但

---

① 新开业时客人最多，之后会因为客人搬家或生活轨迹的改变而逐渐减少。因此，只有那些可以吸引新顾客的店铺才能发展壮大。但现实中很多人往往忽略了这一点，而把责任推给别人，认为客人被别人抢走了。事实上，顾客常常会在比较多家店和服务后产生转移，所以需要有意识地招揽新的客源，否则生意就会陷入僵局。

② 在创业之初就追求完美，那什么都做不成。地方现状并非一朝一夕能够改变，从零开始的策划一开始自然有很多问题。出现问题可以及时改正，但如果因害怕问题而不做，地方的状况就无法得到改善。如果过于在意别人的眼光，追求完美，便很难坚持下去。重要的是"可以持续改善"的开始。开始后，持续不断地进行改善，努力的回报便会随之增加。

第 4 章 批评家们的咆哮

像我刚才所说，客人慢慢减少是基本规律，所以宣传册上必须要有吸引新顾客的信息。但能意识到这一点的店家并不多，如何修改就要看你的能力了。比如，豆腐店不要单纯地介绍基本信息，如果这家店将目标客户定位在'追求食材品质，喜欢边走边吃的 80 后'，那么宣传信息就要将重点放在'上午 10 点现做的炸豆腐'上。明白了吗？"

对于佐田的指示，我一般都是回答"是"或是"好的"。虽然没有信心，但也只能去做。这次我说要更多地将女性作为目标客户，于是在当地做写手的女性都很乐意帮忙。伙伴越来越多，我的内心充满感激。

另外，我也深刻感受到想要集结众多的伙伴，比起能力或是资质，人格魅力更重要[①]。在佐田不耐烦地发狂之后，团队也绷紧了神经，认真推行着各种工作。网站建成了，当天的布置方案及店家要做的事也确定了。做好的宣传单除了在参加的 30 家店铺外，还将在熟人的店铺等 50 个地方分发。

自己花了半年都没有进展的事，佐田一插手，一个月就几乎都定下来了。我深深感到自己缺乏在谈话现场做出决断的能力。

佐田的口头禅是"开会就是浪费时间和金钱，最好的办法是当场得出结论"。我这才明白，以前的我一年到头都是开着

---

① 大多数人会根据说话人来判断是否听取他的意见，而非谈话的内容。一个人的领导能力可以从他的外貌、业绩、日常举止等方面进行判断。在公司机构中工作过的人，多数已经扼杀了自己的个性。这些人无论对个性鲜明的地方经营者们说什么，地方经营者们都很难被打动。只有激发他人的积极性，才能在地方开展事业。

毫无价值的会议领工资的。对于这次庆典，佐田应该有其他的目的。现在若要整合多个商铺据点、新老店铺，提升整体商业价值，最重要的不是要做什么，而是加强团队的"贯彻力"，如何贯彻执行某人的决定，才是隐藏在庆典背后的目的。

庆典当天，天气很好。在悦耳的音乐声中，大家一边喝着酒，一边聊天。摊主们都获得了不错的销售额，特别是这次还邀请了为数不多仍在努力经营的商业街店铺，让他们做不同于以往的专卖摊位，提高了销售额。

豆腐店并非传统的豆腐店，而是专门销售日式炸豆腐，结果大受欢迎。大家对于当地居然有这样的店倍感惊讶。这家店决定今后也在上午 11 点和傍晚 4 点销售日式炸豆腐。

通过庆典，我明白了成功的秘诀是找谁出摊，就要帮谁找到合适的出摊方式，并帮助他们实现。庆典的导游图也因为可爱而备受好评。做了这些工作之后，我意识到品位①极为重要。

庆典当天，我们还在现场销售代金券。代金券若被使用，我们作为运营方将得到 5% 的佣金，这 5% 也可以当作计件报酬型的带客费用。实际上，最大的收入是没有被使用的代金券。如果来客将其留作纪念带回去，就会 100% 成为我们运营方的收入了。代金券是学生时期就开始策划活动的田边的主意。

---

① 不仅在设计行业，感觉和品位在其他行业中也非常重要。只有置身舒适的空间中，才能了解舒适的空间；与了解舒适空间的人一起讨论，才能理解其背后的品位。如果只接触并习惯了当地土里土气的事物，摆设随意制作的广告旗、毫无设计感的招牌，反而会削弱地方的魅力。

第 4 章　批评家们的咆哮

地方举办的活动中，最糟糕的情况是让当地的经营者参与运营①，导致其无法专心于本业。费尽全力布置、组织活动，虽然活动取得了成功，但自己的店却关门歇业，亏损惨重，这样令人哭笑不得的故事在各地不断上演。这次庆典的运营与政府组织的平价美食节完全不同。毕竟自负盈亏，所以无论是运营方还是摊主都格外认真，这也让活动现场的气氛热闹非凡。

花了那么多时间准备的庆典，一旦开始便也很快结束了。庆功宴的气氛十分热烈，这说明大家当天感觉都不错。

"来了很多从未见过的客人！""没想到这座城市还有这样热情的店铺，我更有干劲儿了。"每当听到摊主这么说，我都会热泪盈眶。我从未在工作上有如此好的感觉，甚至还会收到感谢……

那天，大家一起畅想明年，气氛热烈。由于这次庆典的成功②，集市上的摊主中想开店的人更多了。加上大量积压下来的房屋改造咨询，这个地区或许会诞生更多有趣的店铺。正当我想这些事的时候，入驻望月女士小楼的花店老板提出了一个特别的意见。

---

① 活动运营会花费很多精力，有的甚至无暇顾及自己店铺的生意。原本是为了盈利，将店主们聚集到一起，如果在活动运营上花费过多的精力，反而会失去盈利的机会，本末倒置。活动的好评越多，举办次数就会增加。过于忙于运营，不仅对活动本身，甚至对日常的店铺生意也会造成不好的影响，必须多加注意。

② 活动的根本目的是为了取得成功，但现实中有很多与原本目的严重偏离的活动策划。比如花钱邀请搞笑艺人、歌手等。只要产品服务本身好，就会吸引客人前来。只花费预算、不计成本地通过艺人来招揽客人是无法达到目的的。

"马路旁有个小公园不太整洁美观。大家能不能一起将它改造一下?"

当地的人对这种脏兮兮的环境已经见怪不怪了。坚硬的地面、脏兮兮的沙土、被损坏的玩乐器材、阴暗的绿植等,根本不能说是公园,当地的父母都警告孩子不要去那里。由自家庭院改造的小广场都能变得如此整洁舒适,公园改造一定更有趣。

我借着酒劲儿说:"我调查过,其他地方基本由当地的 NPO 负责管理运营公园。我们也试试看吧。"

在酒精的作用下,团队成员们兴致更加高昂。大家纷纷提出想做这个、想做那个,畅谈无阻。毫无疑问,我们正在地方掀起浪潮。

"您好,我有件事想向你们咨询一下。"

第二天,为了开始新的尝试,我把庆典的收尾工作交给同伴,久违地拜访了市政府。

第4章 批评家们的咆哮

> 专栏 4-1

地方事业必然伴随"批评"

在地方发展事业，受到批评在所难免。衰退的地方有过时的旧"常识"，如果致力于振兴事业，自然就要颠覆这个"常识"。所有人都赞成的项目甚至可以认定为进一步加速衰退的项目（创立了仓敷纺织等公司的大企业家大原孙三郎曾说"十人中有五人赞成的项目，开始做便已经晚了。有七八人赞成的项目不做为好。有两三人赞成的项目才是应该做的"）。

广受海内外游客好评的北海道新冠町的"海女小屋"，原本不过是当地海鲜批发公司经营的社区食堂。但后来通过推出"春季海胆""腌制鹿肉"等高端创新菜品，一下子备受瞩目。现在很多客人到了春天会特地从札幌来品尝海胆，受此影响，该地区的其他店铺也相继开展了"春季海胆"品鉴活动。虽然现在已成规模，但当初批评曾不绝于耳，很多人说"谁会去吃那种东西""海女小屋只顾着赚钱""价格也太贵了"这样的话。

还有岩手县紫波町，该地区因财政紧张而难以建设公共设施，后来通过"OGAL PROJECT"项目利用民间资本开发了多个设施，并取得了瞩目的成果。起初因为大家不太了解这种政府与民间的资本合作，俗称PPP（Public Private Partnership）的项目模式，所以当地报纸对其进行了猛烈抨击，甚至称其为"黑船来袭"①。但项目最终大获成功。不仅每年吸引来客100万，使周边居民逐年增加，还促使地价连续4年上涨，税收也随之增长。看到这些成果，当初的反对者又异口同声地说"为什么不早点做呢？"

比起百人的赞成，一人的决心更能撼动城市。与其花费时间达成共识，不如开创事业，不畏批评坚持到底，用实实在在的成功影响地方。

专栏 4-2

在地方创业的烦恼与不安

像濑户这样做出"辞职去地方创业"的决定，会伴随巨大的不安。特别是不接受地方政府的委托及预算，全靠自己在地方创业绝非易事。我高中创业的时候，也曾有3年左右的时间饱受亏损之苦。

如何面对这个难题呢？我建议大家同濑户一样，在确保公司稳定收入的同时，好好理顺创业的头绪，不要马上辞职。但一边在公司上班，一边参与地方项目，很难实现盈利。因此如本书所述，有必要和当地优秀的经营者建立联系，和熟悉当地市场的成功企业家合作创业。随着事业发展，想尝试独立创业时，就应当马上换档，踩下油门，辞掉工作。

当然，当地的成功企业家不易被说服，很多时候不会轻易

---

① 1853年，美国东印度舰队司令官马修·佩里率领4艘战舰，出现在扼守江户湾要冲的浦贺近海，此事件让日本幕府结束了闭关锁国。——译者注

同意"一起做"，那只能靠自己想办法。成功人士往往只跟有趣的人谈话，不会理会别人的讨好。如果以他没有的特长和能力为基础展开对话，就有可能找到共同发展事业的突破口。

如果当初佐田提议时，濑户没有积极回应，故事也许会就此结束。

如果拥有抓住每一个机会的挑战精神，就有很多机会与地方企业家建立联系。烦恼解决不了任何问题，重要的是主动出击、思考，再行动。

第 5 章

赚到的钱与拿到的钱

"欲望"与"间隙"

"濑户先生,你的电话。是想来参观的人。"

当地报纸和网络媒体对榉屋的成功进行了报道后,想要前来考察参观的咨询电话接连不断。

"哦,好的好的……一共10人对吧。当天几点到?"

办公室电话频繁地响个不停,光是接听咨询电话一天就结束了。虽然开心,但会议和工作被电话打断也不免让人头疼。网上咨询需要回复。加上有人突然临时取消,增加或减少人数,明明已经回复"不行"却突然到访等,我们的业务大大受到影响[①]。

"哟,濑户,听说你每天都很忙啊。"

佐田出现在办公室,看到我慌慌张张的样子,打趣地说。

"佐田,这可一点也不好笑啊。光是接听咨询参观的电话,一天就结束了……"

佐田露出惊讶的表情。

[①] 项目取得一定成果后,会受到各类媒体争相采访,民间团体、行政部门、议会等各种委员会前来视察和参观的咨询也随之而来。这些都需要花费大量时间接待。如果免费接待,就意味着要白白付出人工费、场地费、水电费等庞大的各类费用,因此理应收取费用,只接待认真参观并能将得到的收获付诸实践的人。反之,如果接待只是前来打发时间、看热闹的人,便不利于运营。

"你可真是傻瓜啊。参观是为别人做生意提供机会啊。我认识的地方都是收费接受参观，一个人 3000 日元，全部在网上集中受理。你为什么不这样做呢？现在这样下去，还怎么赚钱啊。要把送上门的人变成客人才行。"

"参、参观要收费吗？"

"迪士尼乐园收费吧，政府建设的博物馆也收费吧。对想要参观我们项目的人收费，又不会遭报应。濑户，研修班赚多少钱你知道吧。好了，参观学习项目组成立，让田边做吧。那家伙人缘好，自己还能建立相关网站，再合适不过了。有提成的话，他会好好干的。"

事情在佐田的节奏中，总会逐一敲定。我怎么也没想过只让人看看冷清的街道就能赚钱。

"可是，迪士尼乐园里有游乐设施，我们这里什么都没有啊。他们会付钱吗？"我不免担心。

"傻瓜，就因为什么都没有才好啊。在什么都没有的这座城市中，大家齐心协力才做到今天。虽有困难，但也克服了。大家就是想听这些故事才来参观的。我家在大城市的市中心，我天生就是富豪，通过巨额投资的项目赚了钱，如果是这样，那对其他城市出生的人来说有什么启示和帮助吗？"

的确如佐田所说。来这里的人都不免感叹，"在这座城市也能取得如此成功啊"。当时我觉得这句话太过没有礼貌，但现在反过来想想，这也许是赞美之词。

佐田接着说道："你不要觉得只有看得见的东西才有价值。我们的故事、来到这里的体验才是有价值的。如果只有看得见的东西才有价值,那么在这么破的房子里是做不成生意的。"

这次我也暂且相信佐田的直觉吧。我将信将疑地联系了田边,确定了会议日期。

会议当天,虽然田边总是一副漫不经心的样子,但对于这次的策划,他还是认真地制作了资料。这也许是他做销售代理时锻炼出来的能力。

"首先,每人 3000 日元。参观人数不少于 5 人的话,就是 15000 日元以下不予接待。因为接待时间定在周二、周四、周六 3 天,所以有时几个参观团一同接待比较好。这样不仅效率高,来自不同地区的人之间也可以熟络一些。"田边认真地说道。

"同意!"佐田第一个赞成。

"然后,民间人士、政府、议员区分开来进行接待,民间人士交给濑户先生负责,政府人员交给我,议员交给佐田先生负责接待如何?因为我此前的工作常与政府打交道,接待议员的话,佐田先生气场足,比较适合吧。如果对方参观时希望得到我们一同接待,就做成说明会,一次收取 5 万日元吧!"

"噢,真是个好主意。"佐田附和道。

田边笑着继续说。

"无形的服务就好比陪酒服务。根据客人的需求改变服务方式。"

"说什么傻话呢。"佐田打断他。

我们的计划逐渐清晰起来。佐田和田边基于自己的经验开心地制订着计划,但我无论如何也无法融入那热烈的气氛。他们根据过去的经验逐步分析现在的状况，认真制作资料来确定计划内容①。而我的职责则是将扩大到一定程度的计划逐渐收敛，落到实处。

"接下来是预约，全部改为网络预约，取消电话预约，因为电话中经常会有出尔反尔的事情发生。网站将实现参观项目自由选择，虽然会花些钱，不过一个月左右就能收回成本。采取定金制，即使对方临时取消，费用也不退还，因为我们都已经把时间空出来了。没问题的话，我就先跟朋友联系建设网站的事，下周就正式启动吧。"

依照田边的提议，用于专门接受参观预约的网站很快建成，一个月有5~10个团体来参观，大大超出了我的预期。我原本以为收费参观可能会让很多人望而却步，没想到大家竟毫不犹豫地付费参观，令我十分震惊。

只是尽管我们只在网上受理预约，还是会有人打来电话说没有预算，能否免费参观，想要互通信息之类的，让我们很是头疼。

最终结果是每次参观者有5~10人，每月合计有50~70人，能有15万~20万日元的收入。当参观人数达到一个人接待的上限时，我就从协助我们做活动的当地学生中雇人来帮忙。对于经营者来说，仅以兼职的成本就能获得稳定的收益，是再好不过的了。

曾因接待参观被折腾得团团转的办公室逐渐平静下来，我

---

① 随着人口由增到减，社会整体的原则和对策都发生了逆转。因此不能过于依赖过去，只能从现在出发，找到意气相投的伙伴，一边调整方向一边适应当时的情况。

也终于可以集中精力处理日常业务了。

我久违地环视着办公桌，从堆积如山的文件中找到了一份交给政府的文件。

"噢……对了，此前公园的事被我忘得一干二净。"

事情还要追溯到上周。因为在庆典结束后的庆功宴上，有人提议改造利用附近的公园，于是我便去了市政府。

"打扰一下，我和朋友们想要接手并改造这个公园。"我指着手机上的地图对窗口的工作人员说。

对方惊讶地回答："什么？我们地方政府可没有这类将公共设施出租民用的业务①。因为是公共财产，一旦被擅自使用，万一出了什么事，就……"

果然不出所料。我想将大家的想法变成现实，但终究还是白跑了一趟。正当我沮丧时，身后传来了熟悉的尖锐声音。

"嗯？这不是濑户嘛。你来这做什么呢？"

森本先是盯着我的脸看了一阵后，指着地图，对窗口工作人员说"我和这家伙谈吧"，说完便拉着我的胳膊走到一旁。

"濑户，我们到那边谈吧。走吧，走吧！"

我被强行带进了用隔板隔开、用作个人咨询的小屋里。

---

① 日本战败后，公园成了满是禁令的地方。但追溯到明治时期，公园里的商业设施随处可见（日比谷公园里的松本楼餐厅，从公园建成便一直存在）。纽约会将公园的一部分运营权出售以确保财源，其中在麦迪逊广场公园开设分店的 Shake Shack 汉堡店已经上市，正全面扩张，麦迪逊广场公园店甚至成为其新产业的据点。但日本却在不断地削减公园预算。日本应全面修改《都市公园法》，对公园进行改革以适应新时代。

"等一下森本，你要干嘛呀？"

"你不是想改造利用公园嘛。对于像你这样突然到访，来历不明的家伙，政府人员难道会说'哦，是吗？好啊'这类的话吗？只要对公园做点什么，总会有一些老头儿跳出来抱怨，所以政府也很难办。不过你来的正是时候，不用我专门跑一趟找你了。你在这里等我一下。"

说完，森本便不见了踪影，但不到2分钟就回来了。他从手里的茶色信封里取出几张资料，慢慢讲了起来。

"我正好有件事想和你商量。"

森本用一只手遮住嘴角，压低声音继续说。

"其实啊，这次国家计划实施新的地方振兴政策，我们市据说将被选为示范区。现任市长上任后，中央政府不是就派了副市长来吗？是那位推荐的我们。但我们这儿没人有能力做这些。因为是政企协作模式的示范项目[1]，虽说是政府来做，但如果没有有能力的民间企业，是做不成的。所以，如果你们公司可以做的话，我想让你们……"

想起之前被莫名其妙卷进活动中的经历，我马上拒绝道：

"不必了，不必了。反正到时候又要把我们当作免费劳动力，把预算都花在邀请艺人这些莫名其妙的事情上吧。我已经辞职，打算全力以赴做地方事业了，现在是绝对不会免费干活的。"

---

[1] 在地方振兴项目中，为了树立"示范"，政府机关在"已经取得成果的项目"上集中投入预算，以取得实实在在的成果。但原本盈利的项目，一旦投入大规模的预算，就会把精力放在消化预算上，而非盈利。最终，如果预算枯竭，公司将无法维持下去。越是已经取得了一些成果的公司，受到示范项目的邀请时，越要慎重。

第 5 章 赚到的钱与拿到的钱

听到我这么说,森田连忙摆手。

"之前那次是失误、失误。我也没有想到会发展成那样。不过这次不一样。这次中央政府说了必须要给企业预算。好好干是有充足预算的。所以跟上次的活动完全不同。怎么样濑户?有一大笔资金,可以实现很多策划吧。"

我们公司在当地完成了两处房屋的改造再利用,甚至吸引了很多人前来参观。只是虽然我是专职,但其他成员都有自己的主业,在我们这里只是兼职帮忙,所以公司并非完全稳定的状态。我虽并不为钱所困,但倘若有预算,就可以增加员工,做更多想做的事。毕竟现在的事业如果突然出现问题,自己的生活也会受到影响。

"是吗? 这次肯定有预算的吧?"我再次确认。

"是,是,这次肯定有预算,放心吧。况且竞标已经结束了。商工会议所[①]会担任事务局的角色。事务局为找不到合适的民间企业十分头疼。虽然当地有建造房屋的建筑队,但缺少从最初企划到制订运营计划的民间企业。总之,你先联系一下商工会议所的门马先生,问问他具体情况吧。那么,再见。"

森本好像还有什么安排,完全不顾我的疑虑,径直潇洒地走进电梯,不见踪影。

看来不得不和商工会议所的门马先生谈一谈了。

---

① 日本商工会议所,简称日商。是日本历史悠久的全国性经济团体,成员原则上是采用商工业者参加的自由会员制,不分行业和企业规模。——译者注

第二天，我正在办公，突然接到一个陌生来电。

"啊，你好。我姓门马，请问是濑户先生吗？"

从电话里都能听出他年事已高。

"啊，是的。我是濑户……"

"前几天你听市政府的森本先生说了吧。关于协助我们工作的事，我想让你来趟商工会议所详细谈谈。因为时间紧迫，所以还要拜托你早点来。明天上午你能来吗？"

我被他生硬直接的说话方式震慑住，声音不由变小。

"啊，是的。我可以去。"

"那明天上午 10 点你到商工会议所来，说找门马就行了，那就拜托了。"

"嘟"的一声，电话挂断了。

因为有种不祥的预感，以至森本对我说的话，以及那个叫门马的商工会议所职员打来电话的事，我都没能告诉佐田。如果有一大笔预算，就可以做更多的事情。看了计划和预算，佐田也会给出意见吧，到时再好好跟他说明吧。

我从未独立做过策划，这可能会成为我第一个独立完成的业务。如果能顺利赚到一大笔钱，对未来的担心①也会减轻。

我怀着终于能为团队做出贡献的期待，激动地回去了。

---

① 地方项目虽然起步快，但成长需要时间。此时，如果与周围人比较而感到焦虑，或者不习惯自己的收入与项目成果直接挂钩，就会因为不安和压力导致做出错误的决定（尤其是曾经在公司工作的创业者）。如果盲目地接受政府主导、附带高额预算的项目，结果可能变成单纯的代办，给地方振兴帮倒忙。

政府项目

气派的商工会议所刚刚翻修过，与地方衰退的状况极不相称。

"你、你好。我叫濑户。我与门马先生约在 10 点见面。"

负责接待的妙龄女性用内线通知了门马，并把带我去了一间写着贵宾接待室的房间。房间里摆放着破旧的皮革沙发，墙上挂着历代理事长的照片。这种发霉、阴湿的气味让我不由得感到紧张，心跳加速。随着"吱嘎"一声门开，一位身材矮小的白发老者和一个肥胖的大汉出现在我眼前。

"你就是濑户吧。复杂的细节今天暂且不谈，你听森本说了吧。这次我们市获得了国家示范项目。由我们商工会议所负责推进企业这边的事务。这次与以往不同，是政企合作开发旅游项目，森本特地指定的你们。因为政府不方便直接与不了解的本地企业签订合同，所以我们商工会议所介入其中。既然有我们的介入，所有的事就不能随意由你们决定，所以请先制订计划书吧。"

事情发展过快，根本容不得我插嘴。不过我最终还是用细小的声音说道：

"那、那个……我也只是听森本君大致说过，我们还没决定是否做呢。"

门马听了脸色大变，用食指敲着桌上的文件说道。

"这可不行啊。现在说不做我们这边很难办的。因为已经得到了国家的认可，预算也确定了。先给你们3000万日元，开始做吧。整体预算是4亿日元。硬件方面，我们会建设小型公路驿站和民宿，但仅靠政府项目是无法获得预算的。软件跟不上，硬件设施建了也没用①。和一群不入流的人物做些小项目相比，和市政府、商工会议所一起做，更可靠不是吗？每年还会有3000万日元的预算到手。没有理由拒绝吧。"

确实，如果手中有3000万日元可以自由支配，可做的事就会更多。听了门马的话，我不由得产生了这种想法。

"那接受委托后，就能拿到3000万日元，然后制订企划书推进我们想做的事情就可以了是吧。"

"我刚才不是说了嘛。不那样做，政府的硬件项目也无法推进。撰写企划书，与我们签订合同，执行，撰写报告②，就万事大吉了。还有不清楚的地方，就问山本吧。"

说着，他拍了拍比自己大三圈的山本的背，离开了房间。

山本马上递上名片继续说。

---

① 政府项目因为只建造大型建筑物、道路、桥梁等硬件项目而饱受非议。因此，预算逐渐开始要求必须包含策划等软件建设。结果有的地方建筑公司首先估算硬件项目所需金额，即使没有必要也把软件建设列入预算。这种"愚蠢行为"导致了近年来效果不佳的活动和宣传视频的热潮。

② 预算项目不仅要求执行项目，还要求撰写详细的报告。报告会耗费不必要的劳力，让项目成员疲惫不堪。而且报告往往流于形式，很难起到积极作用。如需撰写报告，应该由政府方的管理人员或文职人员负责，而非项目成员。

"时间不多了,必须马上决定。请下周内拿出企划书。另外,因为我们此前没有合作过,合同方面我会让相关负责人跟你联系。"

山本的言语之间,流露出一种不情愿的感觉。要不要这 3000 万日元,我内心摇摆不定。

"说到底,这也不是我一个人能决定的事情……我会再联系你的。"

说完,我便离开了商工会议所。回办公室的路上,我一直在烦恼如何向同事开口。

在当天下午的例行会议上,我就市政府和商工会议所的提案,向佐田、田边、野野村汇报了大致情况。刚一说话,佐田就皱起眉头,瞪大眼睛看着我说道:

"必须拒绝。"

我隐约认为佐田会这么说,但这过早的结论还是让我有些吃惊。

"但、但是,这次的预算很高,我们想做但因手头紧张一直没做的事,一下子都能做了。还能给相关人员支付更多报酬。如果与政府和商工会议所一起做的项目获得成功,此前被拒之门外的公园改造或许还有机会。"

佐田的语气变得急促起来。

"不不不,正好相反!那样做的话,我们努力到现在的成绩只会灰飞烟灭。怎么能拿着别人的钱支付自己人的报酬呢。明年预算被叫停了怎么办?对不起,我们已经付不起报酬了,能说这样的话吗？你说和政府、商工会议所合作就能改造公园？那就意味着不依靠自己，而是借助他人的力量来做事。你不觉得难为情吗？"

深思熟虑后的提案遭到否定，我不甘心就这样退缩。

"非要说得那么严重吗？我也知道脚踏实地、一点点积累很重要。不过，难道有大飞跃的机会要眼睁睁地放弃吗？我只是觉得有资源就应该好好利用。因为你总是固执地拒绝这个，拒绝那个，所以才会有那么多的流言蜚语吧。"

一旁的田边看不下去了，开始劝我。

"别别别，没必要这么生气。不过话说回来，濑户先生想用那3000万做什么呢？"

"嗯……可以做更大的庆典，能付钱给帮忙的志愿者。之前大家想改造公园的事，更有可能实现。还能留一部分利润作为下个项目的启动资金。"

"那更要用我们自己的钱。如果因为钱不够就用别人的钱，那就跟拿补助金的老头儿一样。反正我是不会参与的。"

"这跟补助金是两码事。我们是为当地做企划拿钱，这也是很了不起的事业。我也想为我们公司带来收益。"

"所以我才那样说。你没听懂我的话啊。"佐田叹了口气，站起身走了出去。

我不像佐田那样能言善辩。从东京回到家乡后，我一直有个疑虑，就是能否一直依赖佐田的创意和营业能力。虽然大家都说我厉害，但我能做的事情还很微不足道。通过几个小项目的积累，虽说现在能获得收益，但我自己也不知道明年、后年会变得如何。所以,我想要自信,自己也能做到的自信①。

回到家,我一个人烦恼着。

既然当初不顾同事的劝阻从东京回来,就没有泄气的理由。那样只会让人觉得"你看,我说得没错吧"。

我一直依赖着佐田,差不多到了自己思考和行动的时候了。

"好不容易做出了这样的业绩,比起那些浪费预算的地方企业,我们绝对会做得更好。如果项目能够盈利,佐田应该也会认可的。"我喃喃道。

但如果同伴们都不帮忙,即使有预算也无济于事。有人能和我一起做吗?首先浮现在我脑海中的商量对象竟是森本。虽然这个人有些靠不住,但能和我商量这件事的人,除了带来这件事的森本外,别无他人。

我马上拨通了森本的电话。

"那、那个,佐田还是非常反对。商工会议所的门马先生说,如果不做,会给大家带去麻烦,所以随便做什么都可以,是真的吗?"

森本停顿了一下说道:

"不不不,门马先生没说清楚啊。我们只是希望濑户你来

---

① 在社交网络上,有些同行看起来十分耀眼,但不必因此而焦虑或担心。并不是引人注目的人才是项目的顶梁柱,顶梁柱似的存在更多身处幕后。每个人都有自己的特长和职责。不要受他人影响,而是要清楚自己的定位。要想完成自己的职责,为团队做出贡献,最重要的是保持自己真实的状态。

做。本地虽然有建筑公司，但建立起商业据点并能招揽大量客人的可只有你们了。我们当然也会全面协助。你已经在本地开展了不少项目，虽然不大，但都在正常运行，所以自信点。"

听了森本的话，我顿时觉得自己被赋予了勇气。

"是呀。我确实不能总依赖佐田。我也有不少经验，现在想独自完成一个项目。不过，一个人的话总有些不安。"

"如果你能做，我们这边会找人协助你的。先让我们市的地方振兴顾问——藤崎协助你吧。他原本在东京做咨询顾问，后来被国家机关派过来做我们市的振兴事业顾问，全权负责这次的示范项目。他对制度和案例都十分了解，与国家机关也往来密切，很有经验。"

"太好了！虽说有预算，但我完全不知道该如何使用，这下我就放心多了。"

"政府项目有年度的限制，财务处理、报告的撰写和提交都有很多规矩。这方面你就拜托藤崎吧。另外，为了民宿项目，我们市成立了'地方振兴协助小组'①，有什么事让他们来做就行了。"

---

① 地方振兴协助小组是指在一定的期限内，以外聘公务员的形式招聘年轻人在地方任职的制度。工资百分之百来自国家预算，对于地方来说相当于免费雇人，所以各地政府都愿意接受。但因为是使用国家预算，委托他人做地方政府都做不到的事情，所以存在很多问题。比如目的不明确，或是招聘人员与地方需求脱节等。最重要的是，在每年都有几万甚至几十万人涌入大城市的现实情况下，即使用国家预算暂时把几千人送到地方，也解决不了地方的问题。地方需要的不是权宜之计，而是解决根本问题的方案。

第5章 赚到的钱与拿到的钱

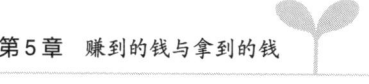

这个词我第一次听到。

"什么，什么协助小组？"

"濑户你不知道啊……报纸都刊登过我们的地方振兴协助小组。就是住在地方协助地方振兴的话，可以从国家领三年工资的制度。我们市去年也招聘过，今年为了民宿项目而招聘的人都已经来了。"

"还有这样的制度啊。"

"总之我会让那两个人协助你的。他们属于外聘公务员，归我管，所以我会让他们作为工作来协助你的。"

将市政府招聘的人用在自己的项目上是对的吗？我感觉有些不对劲。但一直按照佐田的话去做是无法成长的，我一边调整心情一边问：

"他们都多大年纪？"

"都是二十几岁，比我们年轻多了。"

听到后我稍微松了一口气，我担心如果年纪大可能不好开展工作。

"那我明天去见见他们吧。他们住在哪儿？"

"这个嘛，等一下。哦，找到了找到了，在这里。"

森本念出地址。

"这个地方是在山那边吧？"

"因为他们还兼任乡村振兴的工作，所以索性住那边了。等会儿我在脸书上联系你，你去沟通一下，见个面吧。晚些时候我也跟藤崎先生说一下，下次去政府机关见面聊吧。"

不知不觉间，我似乎也找到了事情推进的方法。

晚上,我去办公室准备整理一下资料,发现佐田也在。我本想再谈一谈,但不知为何有些尴尬,最终只跟他确认了二三项业务,完全没有提及与政府合作的事,我对着电脑无声地敲打着键盘。

与地方振兴协助小组碰头当天,我开着车,从柏油大路慢慢驶上狭窄的山路,来到有着一排梯田的山坳。按照森本说的地址到达了目的地,说是旧民宅,其实是间很破的房子。

"早上好!"

我喊了一声,但无人应答。房子旁边停着一辆车身上写着"市政府"的白色面包车,看来房子里应该有人在。我走进去,先是一间土间,左侧是一间铺着榻榻米的房间,还是以前农家的样子。没有经过任何改建,感觉像是某个乡土资料馆。

榻榻米中央搭着帐篷。有什么东西在里面窸窸窣窣地动弹。这时突然从里面传出一个女人的声音。

"对、对不起。我正在换衣服,请稍等一下。"

虽然说过一大早就去,但好像有些太早了,里面的人还在换衣服。来之前我一直以为要见面的是男性,没曾想竟是女性,这让我不禁有些为难。

"哎呀,这个家太冷了。我在网上求助,大家说搭帐篷会很暖和……我也想过在家里搭帐篷什么的,试了一下果真很暖和。"

话音刚落,从帐篷里面走出来一位看上去大学刚毕业的年轻女性,与旧民宅的氛围格格不入。

"你可能听森本说了,我希望你能协助我,可以吗?"

"我听森本先生说了。请一定让我参与。我就是想从事地方事业,才来到这里的。"

我说了事情的来龙去脉,她好像很感兴趣的样子,这让我不由得松了一口气。只有一件事,我没有告诉她,就是我与佐田他们之间的争执。

徒有虚名的顾问

我去市政府与森本会合,一起去拜访藤崎顾问。与想象不同,他虽然年事已高,却彬彬有礼。

"濑户先生,与政府的协调工作以及报告撰写就交给我们吧。请放心。政府有政府的规则,不按规则去做,就无法推进。对吧,森本先生。"藤崎说道。

森本立刻自信满满地回答:

"是的,政府机关有很多麻烦的事情。濑户,和政府一起工作就是这样。不过相应地能获得信用和预算,所以好好干吧。"

"啊,不愧是森本,这么年轻就如此通透。我都这把年纪了,还在学习呢。"

"您又来了。濑户,藤崎先生经验十分丰富,你就当搭上了大船,好好干吧。"

"嗯、嗯。"我连忙回应。

藤崎握着我的手说:

"濑户先生,有什么困难就一起克服吧。"

我对他的过分礼貌不知所措,甚至没能正面回答。只是,接受政府项目的不安似乎一扫而光了。

接下来的这段时间,我们这座小城市一直被阴郁的天气笼

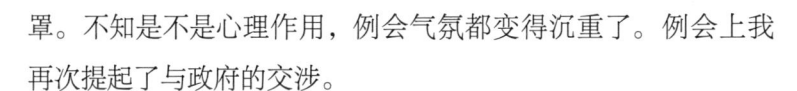

罩。不知是不是心理作用，例会气氛都变得沉重了。例会上我再次提起了与政府的交涉。

"那、那个，我想再谈一下之前提过的项目。"

佐田露出一副终于说了的样子。

"濑户，你本来是想偷偷摸摸地干吧。可在这种乡下小镇，哪有不透风的墙？我听说你最近正在和市里的顾问谈合作。这次我不说难听的话，不过我劝你还是算了吧。"

"不、不，我并不想偷偷摸摸地做，只是不知如何开口。不过，我还是想试一试。绝对不会弄砸的。"

"我说了，拿着别人的预算做自己想做的事是绝对成不了的。做不做当然是你的自由。不过，政府有想做的项目，你那部分只是附带而已，而且还要跟顾问一起，你一定会遭遇惨痛教训的。适可而止吧。"

与以往不同，这一天的佐田始终很平静，但对我来说，这更像是自己不参与的明确表态。佐田是我的商业伙伴，也是我事业上的前辈。我能回到这里，现在能做这么多事，都是多亏了佐田。但我不能一直依赖他。我想创造出佐田无法做到、属于我自己的做事方式。

会议结束后，一直在场的田边悄悄地走到我身旁，在我耳边说："其实，你现在做的事佐田先生一直都有所耳闻。佐田先生比任何人都担心你，还说过'濑户为什么不来找我商量'之类的话。佐田先生应该感觉很失落吧。"

创业初期，我和佐田每天都见面。这两个月来，和佐田一起度过的时间，只有例会。开会时他没问过什么，所以我一直以为佐田并不在意。

目前，我一边与田边他们讨论项目企划，一边与地方振兴协助小组的两个年轻人一起整理了公路驿站宣传语、民宿业务内容等，并最终完成了企划书。需向政府提交的日程表和预算表则完全交给藤崎。因为马上就要进入批准阶段了，我才打算今天最后跟佐田商量一下，结果他并没有给我这个机会。

"协助你，也是佐田先生授意的。他对我们说'虽然我不会帮忙，但若是濑户找你们，你们不必在意我，好好帮他别搞砸了'。"田边继续说道。

"哦。"

田边对我反应的迟钝感到惊讶。

"就是佐田先生发火的那个晚上。他说希望我们不要告诉你他竭力反对的理由。"

"什么理由？"我问道。

"佐田先生年轻的时候，通过自己的努力开设了店铺。在要开第二家店的时候，政府找到他，说为了解决地方空置店铺问题，让他开店。当时佐田先生想的是反正自己也要开第二家店，能利用的资源就尽量利用吧。就这样达成了协议。可没曾想地方选举中市长卸任，预算和运营计划需要全部重新评估①。一切推翻从零开始，花费了大量时间。虽然最终拿到了预算，

---

① 通过选举产生的新市长往往会否定很多此前的政策，在政府内部进行肃清，甚至引起混乱。虽然选举反映了民意，但也伴随着行政预算变更、民间投资项目开发许可延期等问题，最终造成经济损失。我们需要的不是全盘否定，而是认真分析内容再做出决定，脚踏实地的政府。

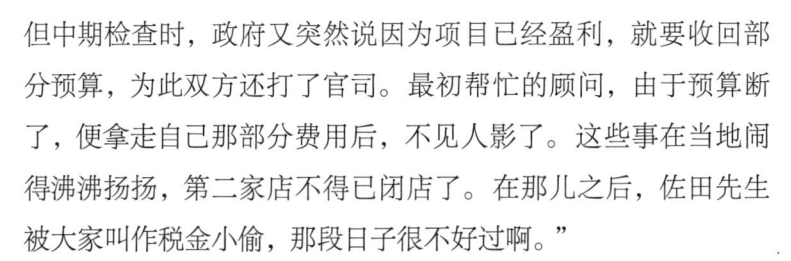

但中期检查时，政府又突然说因为项目已经盈利，就要收回部分预算，为此双方还打了官司。最初帮忙的顾问，由于预算断了，便拿走自己那部分费用后，不见人影了。这些事在当地闹得沸沸扬扬，第二家店不得已闭店了。在那儿之后，佐田先生被大家叫作税金小偷，那段日子很不好过啊。"

"我从未听佐田说过这件事……"

"因为你没跟他商量，所以佐田先生也赌气没说。不过，我想佐田先生最担心的还是你，就像父母对孩子的那种担心。"田边说道。

"我明白。不过这次和以前不同。不光有你们的协助，藤崎先生也不是那种奇怪的人，反而十分彬彬有礼。地方振兴协助小组的两个人很努力，不是什么空置店铺的项目，而且没有选举。会很顺利的。我必须要让它顺利完成。"

只能说佐田那时运气不好。我高中毕业后就去了东京读大学，佐田的那些经历我甚至闻所未闻。我边想着这些事边对大家说：

"已经没有退路了，只有做了。"

团队在前期讨论阶段进展顺利，但开始讨论细节时，就碰到了瓶颈。

"既然使用预算，就不能随意改变计划。"

负责人山本一点也不通融。说因为是大项目，所以要将计划内容逐一向市里请示，他本人也变成了信鸽一样的存在。这时，顾问藤崎插话道：

"确实如此啊。我来仔细调整一下……"

藤崎的说话方式好像是我们这边没做好,我不禁打断了他的话。

"不不,不是这样的。当初虽说是做民宿,但讨论的结果是古民宅太过老旧,改造工程预算不足。所以我们建议先将公路驿站的一部分改建为民宿,这样一来,可以将驿站服务和民宿接待统一管理,此后的整体运营也会更加轻松。之后再将公路驿站作为中心,逐渐将改造工程向周围的古民宅辐射。"

山本斩钉截铁地要求我们按照写的去做。

"这里不是写着'首先使用各处空置房屋'吗?相关的改造费用已经记入了预算,事到如今不能变了。而且现在说什么要变更公路驿站的样式,根本不可能,我又不是市长!政府计划,通过即结束[①]。"

藤崎已经完全变成了一个点头机器。

"我觉得您说得一点没错。濑户先生,你看,我们还是回去商量一下吧。"

我无奈地离开了那里。

"藤崎先生,这样下去可不行。"

"不不不,濑户先生,你不能这么说。我们说到底都只是干活儿的。"

---

① 政府计划一旦通过,便很难变更。特别是邀请外部专家商议后通过的计划,如果将大家再次召集起来重新进行讨论,就意味着让大家在某种程度上承认以前的错误。但是在当今社会,往往需要不断调整计划才能更加接近成功。因此,以变更为前提的批准、再审议的过程非常重要。

第 5 章 赚到的钱与拿到的钱

"可是那样的话,项目价值和推进意义都将不复存在。"

"这个嘛,我是不太明白……我先去找熟人,把计划重新制订一下。我也有在各地开民宿的朋友。"

类似的协商花费了我们大量时间,完全没有时间做新项目的"销售"。原本几分钟就能完成的计划变更,因为涉及预算,花了几小时甚至几天。这与我们迄今为止的做法完全相反。

看来,使用政府预算比使用公司的钱复杂得多。我需要向市政府、商工会议所以及国家政府等多个决策机构请示,如果负责人不同意,事情就无法推进,这种低效的工作状态很快吞噬了我的时间。

不仅无法变更计划和预算,就连项目整体的思路也频频发生冲突。我说应该从运营计划开始就控制初期投资规模,门马却坚决反对。

"所以说这里有 3000 万日元的预算,你无须特意控制。这是政府项目,预算都要用!完!至于盈利与否在运营阶段考虑就行了。预算中包含了你们制定运营方案的费用,所以还请好好考虑方案。"

不是这样的,我在心里想。正是为了以后的顺利运营,才必须将运营方面的诸多考虑形成计划,并在项目开发阶段就切实地执行。在完全无法沟通的情况下,日程却不断向前推进着。不能变更计划,预算却要我们随意使用。

田边和野野村渐渐失去了干劲儿。最后,面对门马傲慢的态度,田边忍不住说:

"你们说得如此随意,那就自己做吧。这种做法根本行不通。所以就算花几亿税金也白扯。真是太蠢了。我不干了！"

说完，田边就离开了，脱离了这个项目。门马大怒，大声吼道："这家伙太没礼貌了，他才是笨蛋。我从没见过这么无礼的家伙。他以为是用谁给他安排的预算在工作？！我要让他在这个城市干不下去！"

之后的某一天，我在内部会议上看到了交与藤崎做的预算表，预算中的20%变成了他自己的预算。更过分的是，还有大量预算被他那些所谓的民宿专家给分走了，最终藤崎一伙儿拿走了3000万日元预算的三分之一。

"藤崎先生，我当然没想过让你白出力，但是在列入预算前，能不能先和我商量一下……"

"濑户先生，你好像很忙。你让我做，所以我就做了。不过已经没有时间了，这样也没什么问题吧。市政府和商工会议所也过目了。"藤崎说道。

那时，他便已经擅自跟商工会议所和市政府沟通过了。

我完全被排挤在外。他虽然说起话来彬彬有礼，但推进方式却很强硬。

地方振兴协助小组的两个人，原本想通过经营民宿的方式创业，但因为项目计划没有任何前景，一个人中途退出返回了东京。现在只剩下我去古民宅时见到的年轻女性了。

"未来会怎么样呢……"这位年轻女性不免担心起来。

未来会变得如何我也不知道。之后的每天，我们都在制订公路驿站和民宿的运营计划，撰写报告，对公路驿站开发地点进行市场调研。3000万日元中，1000万日元被藤崎拿走，1000

万日元用于项目，剩下的 1000 万日元作为人工费，分给团队。而且还伴随着制定日薪、每日盖章、提交日报表等工作。我对离开的田边说，以后我会支付初期他参与的那部分酬劳，希望他提交盖章的日报表。结果他说："钱，我不要了，太麻烦了。"连报酬都拒绝了。说起来，我们事先并没有听说要做这些繁琐的工作，后来却又要求我们做这个，做那个，我们越来越混乱了。

我本以为如果有一大笔预算，就可以做更多的事情。大概因为佐田的反对，我有些意气用事了。结果就像佐田最初说的那样，这件事正为整个团队带去恶劣影响[1]。"他们做的其实都是用政府的钱吗？"这样的传言开始蔓延。原本以自力更生为卖点的共享店铺和参观项目也受到了波及。

项目还剩 3 个月，但已经没有任何办法了。只能和佐田商量了。虽然我觉得自己很没出息，但现在也别无他法。

我打电话问佐田能不能见一面。他迫不及待地说现在就见面吧。

这次佐田也对所有的事都了如指掌吧。

我想好好道歉。自己擅自接受的项目，把同伴们牵扯进来，搞得一塌糊涂。对佐田的忠告也充耳不闻。

---

[1] 如果之前的团队成员都是兼职，那么预算突然增加，就有可能增加团队成员，项目的推进方式也会随之发生巨大改变。对项目发展有利还好，但如果因一次性的预算而改变整个体制，就会有同伴中途退出，留下的都是有预算才干活的成员，预算执行完毕，也就无法继续工作了。

到了约定的时间，佐田还是没有出现。我正担心他会不会不来了，建筑队的川岛打来了电话。

"濑户先生，糟了！佐田先生在骑自行车时发生了车祸，被救护车送往医院了。"

我顿时心跳加快，脸色苍白，一时间竟说不出话来。

"我、我知道了。我马上去医院。"

> 专栏 5-1

政府项目受挫的结构性原因

政府部门参与的地方项目之所以屡屡受挫,原因在于政府部门并不是以盈利为目的的机构,也没有将补助金和拨款视为获得利益的"投资"。地方政府策划的项目,虽然会经过国家的一系列规定及会议进行认定,但几乎不会考虑"投资能否收回",而是是否符合规定。因为补助金和拨款的目的是援助资金紧张的地方乡镇,因此比起项目能否盈利,更加重视当地有多少资金缺口。对于能够回收成本的项目,民间资本可以进行投资或融资。对于无法回收成本的项目,政府投入税金后,并不期待回收成本,因此完全不进行核算就能得到批准。这就是地方振兴政策的悖论。

建筑物建成后往往需要相当于 3~4 倍开发费用的维护费。因此,即使初期投资 100 亿日元中的 70 亿日元由国家承担,30 亿日元由地方政府承担,建成后每年的维护费,加上每 20 年一次的大规模修缮费用及最终拆除等费用,需要当地承担 300 亿~400 亿日元。国家为了援助地方而拨款,地方为了当地发展,拼命从国家获取补助金和拨款以填补初期预算缺口。但正是因为有这样的援助,才会出现过大的项目计划,结果反而加速了地方经济衰退。

民间企业也是如此。即使政府补贴空置店铺的改造费用和两年房租,企业也难以因此发展壮大到能够自行承担高额房租的规模。依靠补助金的创业者成功概率更低,即便短期内可能具有一定影响力,但中长期持续发展的案例并不多。

专栏 5-2

表面上的地方分权困境

日本战败后，都道府县知事、市町村长开始实行公选制，很大程度上推进了日本的地方分权。另外，根据地方分权统一法（1999 年 7 月通过，2000 年 4 月开始实施），地方政府权力得到进一步扩大。然而，很多地方政府至今仍会被国家政策决定左右，独立推进政策的情况还很少见。

原因在于国家的各种拨款和补助金。在日本，"地方交付税收"是以财政平衡的名义，通过总务省向税收不足、收支不平衡的地方政府投入赤字补助金的制度。地方政府在策划个别项目时，会将国家补助计算在内，即使出现赤字，也由国家拨款进行补助和调整。也就是说，无论是个别项目还是整体项目，都在国家补助体制下开展。

如果地方政府有能力盈利，拨款就将减少，导致"反向激励"。所以很多地方政府比起盈利，更优先考虑如何得到拨款（顺便提一下，日本的家乡税①无论收取多少，都不会减少国家拨款，因此很受地方政府欢迎）。

很少有地方领导主张"我们不需要拨款，请把财政大权交还给地方，经营责任由我来承担"，大多数领导只会提出"请多给我们一些可以自由使用的拨款"这样的要求。换句话说，就

---

① 根据自愿原则向地方政府的捐款。捐款后，可收到受捐地方政府出具的捐款凭证，再凭凭证向现居住地政府税务部门申请减缴住民税，或者退回已扣除的个人所得税。——译者注

是"我不想承担经营责任,但我想要钱",就像是央求妈妈多给零花钱的孩子一样。因此拨款以及补助金不能完全说是国家的强制行为。

　　为了让地方今后得以更好的发展,各地方政府不能仅靠补助金,而是要以发展为目标,在自己的财政范围内摸索出正确的分散型发展模式。

第6章

失败、失败，又是失败

第 6 章 失败、失败，又是失败

没有所向披靡的成功者

项目没能取得预期成果，于是批评的矛头便指向了接受政府委托的我们。我们一直以来都是地方民间企业，却不知何时被当作与行政部门的无良顾问一伙儿。

佐田早就知道会变成这样，还多次给予我忠告。可他现在却因为要与我见面而遭遇了车祸。我对自己造成的无法挽回的局面，感到既窝囊又懊恼不已。

我参加了市政府主办的地方建设研讨会，并进行了情况说明。虽然不想参加结束后的聚餐，但又不能缺席，只好在坐满地方权贵的餐桌上斟酒。

当我给当地大学的老教授斟酒时，却遭到了鄙夷的目光。

"咦？你是谁来着？还在搞地方建设吗？"他笑着说。周围的人哄堂大笑。比起悔恨，我首先感到的是惊讶，然后是羞愧，甚至想立刻逃离现场。是啊，花了那么多预算却没做出什么成果。他大概想说的是，你竟然还能厚颜无耻地来到这里。

而不久前，他们还夸赞我们是"民间勇于挑战的优秀地方建设团队"，现在态度却 180 度大转弯。对此，我与其说是愤怒，不如说是落寞。说到底，大家并不是肯定我们的努力。而是因为所有人都夸我们，所以才会随声附和。一旦周围对我们的风评降低，大家就会一下子离开。只有在失败的时候，才能分清真正肯定你的人①。

公路驿站项目本来应该使用倒算法，提前和农户签订合同，却完全没有进展。

农户们说："能卖出去的话，倒是可以把农产品放在公路驿站，但如果卖不出去还不如直接卖给农协，那样送货更轻松。以前市里也建了产地直销的地方，不仅卖不出去，送货还十分辛苦。你们说，如果放在公路驿站，1天能卖多少？"

他们说的没错。所以在驿站开发前，我本想先做一些农贸集市之类的企划，看看效果如何。但公路驿站的开发日程表从一开始就确定了，结果还没来得及测试效果便开始了建设。在会议上，对于这种强行开发的方式，有人提出"还没有与农户达成协议，为什么就要先开发公路驿站呢"，为此还产生了争执。

此外，中心商业街的商户们也抱怨说："你竟然帮助政府在郊外用税金建设直卖所（公路驿站）跟我们竞争②，开什么玩笑！"把我彻底当作了叛徒。

与此同时，民宿项目方面也出现了一些莫须有的传言，说

---

① 失败时，只是附和大家而肯定你的人会很快离开，但真正关注你的人却不会，反而会说再共同努力一次吧。不要被背叛者蒙蔽，而是要努力达成支持者对你的期待。

② 公路驿站大多是地方政府利用国家补助金开设的，其维护管理费用也由地方政府承担。相比之下，普通商户开设店铺要向银行贷款，还需从销售额中挤出维护费，缴纳税金。不仅条件不平等，驿站规模往往更大，因此民间店铺难以与之竞争。其实路边现有的便利店也完全可以销售农产品。即便如此，政府若还是执意建设公路驿站，就会在地方造成过度竞争。

第6章 失败、失败，又是失败

什么因为我与地方振兴协助小组的女性存在男女关系，所以才将她纳入进来，类似的信件甚至寄到了办公室，骚扰电话也随之而来。在当地匿名的网络论坛上，我也遭到了猛烈抨击。很多共享店铺的商户们也开始担心起来，到处解释自己的店铺与我参与的政府项目毫无关系。无论是内还是外，都混乱不堪。咎由自取带来的是无尽的疲惫。

我想和佐田谈谈。但佐田因车祸住院，一直处于绝对静养的状态。

佐田钟情于骑脚踏车，从家里到办公室，再到自己的店铺，都是骑车。车祸好像是佐田在十字路口等红灯的时候，一辆卡车以极快的速度驶过，把他卷入了车底。他的头骨和大腿骨骨折，被紧急送往医院，并立即接受了手术。佐田在重症监护室里连续几天都徘徊在生死边缘，总算保住了性命。

医生对家属说，虽然生命体征基本平稳，但对大脑的影响还是未知数。只能等他恢复意识后，才能确认。佐田还有两个年幼的女儿。

我去看望佐田时，他的妻子显得憔悴不堪。

"你是濑户先生吧？平日里承蒙你关照了。佐田总是很高兴地提起濑户先生。"

"不，不，我总是给他添麻烦。这次也是我约他见面谈谈，结果出了这样的事，我真的……"

"现在说这些也无济于事。濑户先生，还请你不要放在心上，佐田应该也是这样想的。"

她坚强的表情让我无言以对。是啊，事到如今不能一蹶不振。自己的努力得不到回报，却想得到别人的同情，这种受害者思维是多么的不成熟。

母亲和朋友一起旅行归来打来电话，说有礼物给我。我从医院出来就去了母亲那儿。最近，因为政府项目发生了一些纠纷，我害怕母亲询问，所以一直没有回家。

"那个……"

母亲察觉到我有些扭捏，便先开了口。

"我听说了。佐田出了车祸。而且，你说要做的项目好像也不顺利。"

在这个小小的城市，什么事都能马上传遍大街小巷。

"嗯。市政府的项目，佐田几次劝阻我，但我总想得到大家的认可，还是接受了。佐田出事，也是因为我叫他出来，都是我的错……为什么，我做什么都不顺利呢？"

我说着，眼泪止不住地流了下来。

母亲不会轻易安慰我。

"当你沮丧的时候，如果你表现出来，就没人会想和你一起工作了。你爷爷常说，越是沮丧的时候，即使没有意义，也要笑一笑①。"

---

① 这是我个人的经历，是以前我在商业街做企划，并负责销售和现金管理工作时发生的事。第一天的销售额不理想，最后对账时，数字也对不上。商业街会长看到我在庆功宴上表情凝重地一遍遍核对数字，便对我说"如果为那种小事闷闷不乐，明天就没人想跟你合作了。越是沮丧，脸上越不能表现出来，反而保持笑容的人才能获得明天的成功"。这句话，至今仍烙印于我的心间。

第6章 失败、失败，又是失败

"这怎么能做到？"我忍不住问道。

"淳，你去洗脸台看看自己现在的脸吧。没有人想和你说话。"

心态怎么能如此简单地变得积极向上呢？我赌气地看向窗户，看到自己的脸映在窗玻璃上。一张很难看的脸。但是，这张脸恐怕怎么做也不能马上明亮起来。母亲一贯的开朗，此时却让我更加痛苦。

"我出去一下。"

母亲缓缓叫住正要出门的我。

"等一下。有件事要拜托你。你把特产转交给山城先生吧。你爷爷开始做生意时就很受山城先生的照顾。你小时候还跟他下过围棋呢。"

"哦，那个山城爷爷。不过，我现在不想去。我不知道他会怎样说我。"

"去吧去吧。只是带特产过去。我会提前打电话的。"

我拿着母亲强行塞给我的特产，离开了家。一想到要去久违的山城爷爷家，我不免紧张起来。

到底是当地屈指可数的名流之家，山城爷爷家的大门十分气派。附近的家族墓地像古墓那般庞大，到了春天会对外开放，是当地的赏花胜地。山城先生好像是当地电视台的大股东。对比自己现在的失败，我的心情变得更加沉重起来，但我告诉自己不能太过消沉，于是勉强挤出一个笑容。

"打扰一下。"

我的声音回荡在大宅子里。

"哦，是濑户的孙子吗？你叫什么名字来着？"

山城爷爷慢悠悠地从走廊走到玄关的样子，确实比记忆中老了许多，但其腰板挺得笔直，不像快90岁的人。

"我叫淳，母亲让我带特产给您。"

"我听说了。圣子还好吗？她嫁过来的时候真的很漂亮啊……现在怎么样了呢……呵呵呵。"

他捋着白色的胡须，望着远方，仿佛想起了什么似的笑了。色眯眯的样子完全没变。

"难得你来，请进吧。"

"不、不用了，我马上就回去，请不用费心。"

"别这么说，好久不见了，进来吧。"

我无法拒绝，只好脱下鞋子，走进玄关旁边的客厅，保姆端来了茶。山城爷爷慢慢地坐到沙发上。

"你真是一脸愁容啊，呵呵。"他盯着我笑着说。

"山城先生，您都知道了吧？"

"不不，我什么都不知道。不过倒是听到些当地的流言。不过小淳，你的失败也不是什么大不了的事吧，呵呵呵。"

我刚想要反驳，因为事不关己才会这样说吧。但山城爷爷根本没给我反驳的机会，紧接着说道：

"有一件东西一直想给你看。呵呵呵。"

说着，便拿起事先准备好的老相册，翻了起来。

"哦哦，就是这个。"

皱纹丛生的手指指着的是一张老照片。上面好像是一个在店门口搬东西的中年男人。

第6章 失败、失败，又是失败

"这是你的爷爷，濑户三郎啊。你听说过吗？他在二战前远渡朝鲜半岛，在釜山做生意，战争时又去了战场，但总算活着回来了。回到日本后，他就在亲戚的店铺里帮忙，维持生计。"

这是我第一次听说。父亲沉默寡言，几乎不提爷爷的事。

"那个亲戚做的是食品批发，战败后物资不足，所以赚得盆满钵满。但你爷爷有一次被合作商欺骗，采购了质量不好的产品，因此和亲戚发生了争执，最终不仅要赔偿损失，还被赶了出去。日本刚刚战败，也没有任何人可以依靠。那时，这座小城还都是农田，但因为刚刚建了铁路，所以你爷爷觉得以后做生意能赚钱，就搬过来了。起初是租了仓库开了一家小型食品零售店，租给他仓库的人正是我。"山城爷爷缓缓地说。

"您明明不认识我爷爷，为什么会把仓库租给他？"

"因为他很拼命啊。经历失败，背负债务的情况下，还要养活家人。他那时十分认真地拜托我，说想要在这里做生意。最初我想我都不认识这个家伙，他怎么还来拜托我，但我最终被他的真诚打动了①，决定先租给他半年时间看看。"

"原来如此。"

"那之后，你爷爷拼命工作顺利偿还了债务。又说想拥有自己的店铺，就在现在的地方开了店。后来通过努力，大获成

---

① 99%的人在提出某些建议，或向别人表明自己的想法时，都会遭到否定或被无视。但如果就此放弃，别人就会认为你决心不够。但当你50次、100次表明决心，便会有人愿意给你机会，因为没有人如此坚持。反之，如果仅因为一两次被否定或无视便退缩，便不会有人在意你。

功。但你父亲好像并不是很适合做生意,不知你怎么样?"

"我想我也不适合。自己想要立功,所以接受了政府的项目,结果失败了。而且从某种意义上来说背叛了一直以来的商业伙伴。想要跟他谈谈,结果又让他遭遇了车祸……我做什么都不行。越做闯的祸越多。早知如此,还不如老老实实地在东京工作。"我坦诚地说出了现在的心情。

山城爷爷用比平时更低沉、更缓慢的声音说:

"人的价值,不是取决于失败的时候,而是失败后如何行动。而真正的挑战,并非第一次做什么的时候,而是失败后再次站起来的时候。你还只是站在门口呢。"

山城爷爷说到这儿,一口气喝干了杯里的茶。

"只因为失败了一两次就找理由放弃,大概因为没有那么认真吧。现在周围人都在看你能否再次站起来。成功的人,与常人不同,失败也不放弃才会成功。没有所向披靡的成功人士。呵呵呵。"

听他这么一说,我才意识到自己是在用沮丧的姿态博取同情,或是在寻找回东京的理由,我抬头望着天空,陷入了沉思。

玻璃茶杯里的冰块融化了,发出"嘭"的一声,我的意识一下子被拉回现实。我道谢后,走出了山城爷爷家。

回去的路上,复杂的思绪萦绕在我心头,山城爷爷的话反复出现在我脑海中。

"第二次挑战才算是真正的挑战吗?"

我要再挑战一次。为了佐田和伙伴们,更重要的是为了自己。

我久违地仰望天空,感觉天空比往常更为广阔。

在与市政府合同期的最后阶段,依旧仅是做了些表面功夫就结束了。我将第二次挑战藏于心中,总算坚持了下来。

回到原点

山城爷爷对因失败而消沉的我说,"第二次挑战才是真正的挑战。"这句话给了我莫大的鼓励。我曾因一两次的失败而懊悔不已,想获得别人同情,甚至想要放弃。而现在,这种心情被画上了休止符。我想首先必须和伙伴们谈谈。

"好好道歉吧。"

我给野野村、田边、种田以及建筑队的川岛打了电话,久违的伙伴们齐聚一堂。佐田车祸后,这也是大家第一次聚在一起。在大家都到齐之前,气氛有些尴尬,大家各自打开电脑,或是玩着手机。

大家都到齐了以后,我深吸一口气开口道:

"造成现在这种局面,真是对不起。虽然现在佐田还没有恢复,但我想再次回到原点,重新挑战。佐田此前为我做了很多,所以我觉得这也是我现在应该做的。但没有大家的支持,我什么也做不成。第二次挑战,也请大家支持我。"

因为这次的政府项目,我一度和曾经的伙伴们疏远了。现在佐田暂时不在,如果大家不帮忙,恐怕连原本的"间间间株式会社"都做不下去。得不到大家的支持,也许就只能放弃了。不知何时,我的手心竟渗出了汗。

正当空气仿佛凝固时,平时不怎么说话的野野村,罕见地

第6章 失败、失败，又是失败

最先开口，高声说道：

"佐田先生现在不在，要是我们再起争执的话，就太不像话了。不光是为了濑户先生或是为了佐田先生，我们也是多亏了之前的项目，才有了现在的工作。大家都不想就此结束吧。"

川岛边点头边说道：

"此前濑户君不在时，佐田真的是一个人在努力。明明有自己的店，却从没有抱怨过。对我们也从没叫过苦。恐怕也是想让濑户自己醒悟。现在濑户君已经醒悟了，我会全力支持你的。"

田边因为中途被卷入政府项目中，虽面露不悦，但还是说道：

"既然濑户先生已经反省了，如果大家都支持你的话，我也会支持的。为了能让佐田先生回来时面露笑容，大家一起加油吧。"最终还是原谅了我。

之后，我问大家在我忙于市政项目的这几个月里，佐田都做了什么。得到的答案是佐田着眼于未来，正在为下一个项目做准备。佐田与我不同，不关心眼前的预算，而是要创造未来的新需求。

我决定先走访一下佐田正在推进的各个项目。

从市中心开车不到 15 分钟就到了山里。

佐田考虑建设的不是此前那样的改造项目，而是新的住宅项目。项目负责人能登先生有一支建筑队，最近还在独立开发高隔热住宅，和川岛先生也有合作。川岛先生和我开着皮卡拜访了其在深山里的加工厂兼事务所，能登先生从里面走了出来。他身材修长，皮肤黑亮。

川岛先生开口道："能登，你给这家伙讲讲林业的事吧。我们想把此前跟佐田谈过的事推行下去。"

"好的，我知道了。过去，这一带林业很发达，但昭和40年代后就一蹶不振了。大约10年前，林业工会也因为成员老龄化解散了。我爷爷以前只靠林业糊口，后来又做了建筑队，我父亲则在当地的信用金库工作。"能登先生说道。

"是、是这样啊。"

我附和着，却不知这个话题与项目有何关联。

能登先生接着说："因为爷爷的缘故，我继承了建筑队，但生意不佳。那时，我注意到用国家各类补助金和拨款创办的木材加工厂，其实没有得到充分利用。难得建造了大工厂，还有各种先进的设备，却都闲置在那里，我觉得很可惜。"

我不禁感慨："在这样的深山里，也有用补助金建的工厂啊。"

川岛先生笑着插嘴道："没使用补助金建的地方恐怕更难找吧。"

能登先生也笑着继续说："那时，我再次去了学生时期去过的德国，参观了新的木制住宅，还有机会去了实行自伐型林业① 模式的小村庄。日本有设备也有山，我想我们也能做。就这样，从10多年前我开始了自伐型林业的经营。最初是将无法

---

① 与追求短期产量的大规模森林采伐业不同，自伐型林业不用大型重型机械，也无须建设大型林道，而是利用小型电动锯刀、轻型卡车等对森林进行定期间伐。因其初期投资低、营利性高而备受关注。最近甚至连不生产采伐器材的厂商，都开始努力开发自伐型林业相关的器材。

用于建材的木料做成地板或一次性筷子。此后，利用建筑队的优势，研究在德国学到的高隔热住宅，以日式方式进行建造，结果大受欢迎。与佐田是因为他的店铺装修中使用了我们的木材便有了交集。佐田家也是使用了我们的木材，然后由川岛建造的。"

"对了，我去佐田店里的时候，看到一个很气派的实木吧台……那也是用的这里的木材吗？"

我的脑海中终于可以将这一切联系在一起了。

"对对，那个确实很气派。"

"能登，我今天来是为了商量一件事。我想重新推进佐田君此前说过的建造河边旅馆计划。"

川岛先生说完，便从架子上取出资料，与能登先生交谈起来。

既是加工厂又是事务所的这里其实名为"山守株式会社"，由能登先生担任代表，承接了周边多个林业工会原本承担的业务。

我边看着墙上的资料边向前走着，站在川岛身旁，一个60岁左右的男人突然对我说："对这个感兴趣吗？"

这个男人原本在工厂负责工程管理，提前退休后，想要解决日本的林业问题，在网上查询后，对能登的事业产生了共鸣，于是加入了山守株式会社。

山守株式会社积极采用新方法，通过GPS管理森林树木的位置及树木所有者。虽然有时整座山都归一个人所有，但也有很多山同时属于多个人，因此树木的所有者也不同，就像公共住宅一样。所以，必须要有现代化、准确且有效的管理方法。此外，他们还将森林树木的大致树龄录入数据库，以便在售价峰值时砍下树木，为此山守株式会社还制订了林道建设计划。

"这与工厂设计流水线，并投入使用是一回事。如果不好好地计划林道建设等投资，在售价峰值时木材运不出去，价格就会降低。之前是台账管理，哪里的土地归谁所有，都是一笔糊涂账。另外，碰到赚钱的年份，管理层往往以视察为由到海外旅行，导致本应用于林道建设、投资重机的资金紧张，结果只能不断地索要补助金。现在，我们会在白板上记录森林目前的状况、投资状况、资金状况，这样即使是没有工程管理知识的林业工会人员也能看懂。"

听了他的话，让我想起商业街的事。

"我们商业街的管理层也是在赚钱的时候就到处玩，或是把钱用到其他地方，商业街工会组织最终也都是靠补助金。我听说以前是有明、暗两本账簿。原来我们商业街发生的事情，在这里也是如此啊①……"

这时，川岛先生和能登先生的谈话结束了，不知什么时候走出了办公室。

"喂，濑户君，我们走吧！"

川岛在小皮卡那边向我大声召唤。我急忙向刚才同我说话

---

① 日本山林地区也存在盈利时不进行投资而是挥霍资金，资金用完便求助于补助金的情况，与城市中的闲置房屋现象如出一辙。两者都因缺乏适当的投资和管理而导致不断贬值。无论是山林还是城市，都需要进行恰当的经营。

第6章 失败、失败，又是失败

的男子道谢，上了车。我们乘着小皮卡，翻过一座山，去了另一个村落。

在那里等着的是一个叫作柳泽的男人，他皮肤白皙，看起来很干净。他原本是佐田做学徒时一起工作的人，后来去法国学习烹饪，前年回到的日本。

柳泽在当地种田，去年在河边开了自己的餐厅。

餐厅刚开业的时候，我和佐田一起来吃过，是一家让人很感动的餐厅。佐田跟他聊过，据说他的目标是将其打造成以餐厅为主的"郊外旅馆①"，因为这座城市里还没有一家像样的旅馆。

我和川岛一起走进店里，柳泽先生从里面迎了出来。

"濑户君，好久不见。佐田这家伙一定会恢复健康回来的，放心吧。"

柳泽先向我们打招呼，打破了稍微有些尴尬的气氛，这让我感激不已。

"我和川岛说过了，等佐田健康归来时，我们一定会把和他商量的计划全部实现。濑户君也得鼓足干劲儿啊。"

"我、我会努力的。"

与有能力的人成为伙伴，共同努力，项目才会变得有趣。我想这大概就是佐田想要告诉我的。

---

① 近年来，很多厨艺精湛的厨师在地方开店，使该地区大受欢迎。此外，在观光地主打餐饮的郊外旅馆也不断增加。随着旅游产业的成长，今后"餐饮"将扮演更为重要的角色。比如西班牙小城圣塞巴斯蒂安就以餐饮吸引着来自全世界的客人。

我回到办公室,将此次外出的收获分享给田边和野野村。

田边也有事汇报。

"对了,我听佐田先生说过,有几个农户找他咨询开店的事,于是佐田先生就考虑开一家加工兼销售的工厂店。农户那边合作的图文店设计水平有限,所以商量着让我认识的一个设计师①入伙。这件事目前搁浅了,我打算继续推进。"

野野村则提出了新的建议。

"我想在本地开展房屋租赁服务,所以和佐田商量过几次。虽然还没有具体落实,但如果跟刚才的山守株式会社一起做的话应该很有趣。我朋友的公司规模在不断壮大,前几天他跟我说,想租一栋住宅作为员工宿舍。为了招到好的人才,就必须提供好的住所。我按照这个思路,写一份简单的企划书吧。"

最好的企划,往往来自与伙伴的交谈。我并不是一个很有想法的人。不逞强,让大家帮助自己或许才是最适合我的方法。

大家都曾奋斗在各自的领域。即使年纪增长,进入新的领域,也都在努力解决问题。我从他们身上获得了勇气,同时也再次意识到自己也必须努力。不只是停留在思考层面,而是实实在在地着手去做。我将一直烦恼要不要付诸行动的事告诉了

---

① 当今时代,地方城市都有很多设计师,他们有的可以画插画,做产品设计、网页设计,有的还会做建筑等空间设计。通过自己熟悉的设计师扩大人脉,就能在合适的时机找到合适的伙伴。无论是网站,还是产品,只要经过设计师的设计,品质就会有很大的提升。相反,如果不做这方面的努力,而是随便委托当地的传统图文店去做,品质就可能大幅下降。

大家。

"对了,还有一件事。我昨天想起佐田曾一直对我说,'你应该多了解了解其他城市,拓展视野'。所以我想利用工作空闲,转一转其他地方,再跟大家分享见闻……"

佐田会定期去外地①。

田边听了,立即问我:

"濑户先生,去哪儿决定了吗?"

"不,还没有。打算现在考虑。"

"不,已经替你定好了。"

"嗯?什么?"

田边说起了在我不知情的情况下,他和佐田之间定下的"濑户学徒之旅"计划。

---

① 当公司盈利、获得好评时,高层领导会频繁出差,以获取外部信息,并带回新想法,着手新事业。但如果新想法无法得到员工的认可,员工与高层就会产生分歧。忙于日常工作的一线员工甚至会认为领导"想一出是一出"。因此,高层领导必须将自己出差的所见所闻以报告的形式与大家分享,并创造机会邀请相关人员前来。在公司新的成长阶段,关键是能否让所有人明白"这样做的理由"。

学徒之旅

"把货物放在那里吧。"

我在宫崎一个空荡荡的拱廊商业街里汗如雨下。

这座曾经依靠大企业而繁荣起来的城市，近半个世纪以来逐渐走向衰退。站前的建筑重建后气派十足，几乎都是被政府租下用作各种机构。有市民活动中心、政府办事处、当地大学的卫星校区等，但与气派的建筑形成鲜明对比的是，这里门可罗雀。虽然也有咖啡馆，但门口却贴着"开售拉面"的广告，与精美的店面格格不入。一张公共区域的桌子旁，一个无家可归的流浪汉的身影格外引人注目。

我把配送的货物放在咖啡馆门口，等着收件人在收货单上盖章。

"请在这里盖个章……好的，谢谢！"

我寄宿在一家酒馆，这个星期一直在帮忙。第一天，我还没完全融入到陌生的环境中，但晚上参加了在这座城市召开的项目会议和聚餐后，心情开朗了不少。我发现他们在这里做的事与我们在家乡做的事很相似，不由得产生了亲近感。

虽然城市整体已经极度衰退，但几年前在这里利用银行旧址开发的店铺却大受欢迎，上了热搜。后来，在东京经营家具买手店的当地人也回来开设了店铺，还出现了由老电影院改造

第 6 章　失败、失败，又是失败

的餐厅，城市的部分区域恢复了往日的热闹。

为了探寻其中的秘诀，我给这些房屋改造、继承家族事业或参与地方振兴的人帮忙，同时获得参加他们项目会议的机会。

这次，他们计划利用临近著名观光地的地理位置，在老旧的商业街中开发民宿。恰逢山守株式会社在此举办老旧木制建筑的隔热性能改造工作坊①，我得以先行来到了工作坊现场。

"哎呀，真是太有缘了。"

我和在当地一边做酒类批发，同时又是楼宇经营者的南先生搭话。

南先生说道："我和佐田在一起开过会。会议特别无聊，但他的想法让我十分难忘。最近我还在想怎么没有他的消息，没想到啊……我们会把目前经手的项目的秘诀都教给你。虽然也没什么大不了的秘诀。"

我马上回应："不不不，每天只是帮忙就学到了很多。在家乡做事业时，常常有被孤立的感觉，遇到挫折时也会很沮丧。不过，现在我知道了，其他地方城市的情况也差不多，即便如此，大家也都在努力前进。"

南先生一瞬间惊讶地看着我，然后笑着说：

"这种难为情的事你说的还真直接啊。不过，大家的确都是在不安中努力向前。无论现在取得多大成就，当初也都是从零

---

①　仅仅聚在会议室里进行讨论并不是"工作坊"。工作坊的意义不在于将所有工作交给专业人员，而是自己动手实践，不仅能最大限度地降低人工费，还能学到方法，可谓一石二鸟。有实践的工作坊才有意义。

开始。时间长了，还会有伙伴离开、生病甚至受伤。"

这些话听起来好像说的就是我自己。南先生继续说道：

"可是，只有克服了这些困难，才能成为地方振兴的助推器。说起来，我当初也曾向各类组织机构提议过地方振兴的举措，但都没被采纳。没办法，只好三个人合伙开了公司。没想到现在伙伴越来越多，还开了多家店铺。虽然也有些恶意中伤，不过恶名总好过无名①，这也是我们受关注的证明，最近听到流言蜚语甚至会有些许快感。"

南先生大声笑着说话的表情，在现在的我看来十分勇敢。

不只是我，谁都会遇到烦恼、失败。一开始，无须很多人，几个伙伴就可以创业。想到回家乡后要做的事似乎感觉轻松些了。

他们想要开发为民宿的是一栋木结构老宅，和我家老房子一模一样。我家老房子冬天寒冷，即使改造后，入驻的店铺冬天也要空调全开才能暖和起来。我无法想象那种老旧的木房子可以通过提高隔热性能，变得温暖。

周五傍晚，能登先生带着山守的员工来到当地。大家一边

---

① 项目内容确定后一定会有赞成和反对两种意见。相反，万人赞成的事情往往过于平凡，这并不是现在的地方城市所需要的（典型案例就是听取所有人意见建成的公共设施反而没有人气）。正因为是新锐项目才会存在一定的批评，要对此保持积极态度。来自既得利益者的批评，则从反面证明了这与结构变革息息相关。面对批评时不要针锋相对，只需淡淡地说一句"您的意见我了解了"，不过多回应往往是最好的选择。如果对批评反应过度，原本支持你的同伴甚至会离你而去。

喝酒，一边确认周末的施工流程。

施工当天，他们先使用专业器材测量了建筑物的表面温度。紧接着和当地的参加者一起将榻榻米掀起，铺上薄膜及隔热材料，此举是为了不让风漏进来。然后再把墙壁的一部分剥下来，将多余无用的摇粒绒等材料放进去。我从没想过，摇粒绒竟然能起到隔热保温的作用。

最后，还重新贴了壁纸，工作坊真的是"动手制作"。每完成一项，室温就会升高一些，结束时参加者甚至脱掉了外套。最后再镶上山守株式会社特制的木框，装上拉门，与之前相比完全变了一个样。

原本以为冬天寒冷是木造建筑的特点，除非花费大量取暖费，否则很难作为民宿使用，现在看来这只是我的偏见。

能登先生向参加者说明了提高隔热性能的理由。

"每年都有不少老人因为旧房太寒冷而晕倒。但其实只要好好做隔热处理，就可以防止这些事故发生。房屋整体变暖的话，取暖费就会随之减少。目前大家取暖要用电和煤油，所以大家的钱都流向了生产电力和煤油的地方。提高房屋隔热性能，不仅会让大家更加舒适，本地的整体经济也会得到改善。如果每户每月3万日元的取暖费能降至1万日元，那么从整个地区考虑，价值巨大。隔热性能好的房子，无须煤油取暖也可以。这里山林环绕，大家使用烧木材的炉子烧点热水什么的，屋子就顺带暖和起来了。"

原来如此，隔热不仅仅能让生活变得舒适，还关系到整个地区的经济，这是不是只对依靠山林的地方才能奏效呢？

他们打算把这里作为隔热改造的住宿体验设施，以后再逐步向周边的老房屋开展改造业务。

这次最大的收获是，看到宫崎和山守株式会社的合作，让我切身体会到，如果跨越地域，相互合作，就可能突破事业壁垒。

"我已经清楚了回到家乡应该做的事情。真是太感谢了。其实，我还有一个请求……"

我拜托了南先生一件事，然后离开了宫崎。

佐田恢复了意识。但是，最初的一个月他饱受意识障碍的折磨。后来，虽然奇迹般地恢复了，但语言上多少留下了障碍，工作上的交流依然困难。如果持续进行康复训练，这种情况会有所改善，但能否重返工作还是未知数。

我没有去佐田的病房看望他。我想先做好力所能及的事，在佐田完全康复回来之前，感觉只有我不能去看望他。

在那之后的一段日子里，我一边运营本地项目，一边时不时地将工作拜托给其他人，花两三天时间去其他地方考察。

考察时，如果遇到可以借鉴学习的项目，我会邀请相关专家到我们家乡来，或者召开线上学习会。学习会并不是单纯地听嘉宾的发言，而是采取项目公开策划会的形式。

一边听取其他地区践行者的经验之谈，一边推进项目是我特有的做法，因为我无法独立完成企划。在走访各地的过程中，我渐渐明白，认真听取别人意见，并将其付诸实践，才是适合我的方式。虽然我缺乏大胆的想法，但一边做一边调整方向也不错。

田边提议学习会根据参加者身份进行不同程度的收费。经

第6章 失败、失败，又是失败

营者每次 5000 日元，公司职员和公务员每次 3000 日元，学生每次 1000 日元，如果帮忙做会议记录则可免费参加。每次学习会都有 20 人左右参加，大概七八万日元的会费收入，加上我们公司的赞助，除去用作邀请嘉宾的差旅费，若有盈余则作为下一个项目的启动资金。新项目的筹备一定要亲力亲为，绝不能有让别人替你做的想法。就像佐田常常说的那样，如果没有资金，就拿出智慧来获得资金。

我们的学习会始终以"实践为前提①"。当场通过策划方案，在大家面前宣布完成期限。就这样，我们相继和全国各地的"强者"确定了合作，开始启动很多意想不到的项目。

每月一次的公开策划会大大丰富了"郊外旅馆"的策划内容。住宅租赁方面，也吸收了很多其他地区的智慧。

目前为止，所有项目都是由佐田和我创立的公司统一负责，但随着单个项目的投资额越来越大，我开始考虑是否应该改变做法，现在能做的只有等待佐田的回归。

本地无法解决的问题，让其他地区的成功者一同参与解决②，这种方法切实有效。在田边、野野村、川岛先生开展新项目的

---

① 学习会只是商业化过程的一部分。如果只是"学到了很多""获得了有用的信息"则完全没有意义。应该以具体的商业内容为基础，将必要的信息分解成多个，分别找合适的嘉宾开展学习会，并将学到的内容应用到具体行动中。很多知识只有通过实践才能理解。

② 在地方创业十分孤单。即使是在大城市，项目的核心成员往往也只有两三个人。很多时候，大家表面上若无其事，暗地里却在拼命挣扎。但若去其他地区看一看便会发现，很多人也是独自承担风险，努力创业，大家都并非一帆风顺。比起各地区情况的差异，我们更应该关注共性问题。现在，通过网络可以与其他地区的创业者合作，一同解决问题。

同时，种田在物业管理方面，与周边业主进行了积极沟通，大力增加统一管理的合约。

总算摆脱了最糟糕的状况……新项目的筹备也在稳步进行，眼前的进展让我松了一口气。

佐田出事已经过了近半年，不知不觉竟到了樱花盛开的季节。

"郊外旅馆"项目的开展渐入佳境。为了夏季能够顺利开业，大家绞尽脑汁思索试营业的方式。首先是餐饮方面，我们决定先将"本地食材"与此前学习会上提到的"各地食材"进行搭配，制作创新菜品。其次是住宿方面，则先面向各地食材的供应商，若能获得他们的认可，就着手正式营业。

租赁住宅刚发布在宣传网站上，很快便被预定一空。野野村朋友的公司极力宣传这里可以作为吸引年轻优秀人才的员工宿舍，因此早在项目开发之前，就已经有多家企业想要承租作为员工宿舍。如此一来，收益方面基本稳定，对我们的经营大有裨益。我再次深刻体会到佐田经常提起的"预先销售"及"反向开发"①的重要性。

---

① 反向开发中，会在"无产品"阶段进行销售，尝试过此方法的人并不多。但是，在经济衰退的地区，没有租户的情况下开发租赁房屋，或是没有客户的情况下开发商品风险太高。正确的选择是先加盟人气店铺，或先通过集市进行"小规模营业"。在进行产品开发前，要先带着原材料去和客户交涉协商，再进行产品开发。反向营销做不好的原因，并不是因为还没有房屋或产品，而是因为营销能力不足，没能向客户进行充满愿景、富有逻辑性的推销。

第6章 失败、失败，又是失败

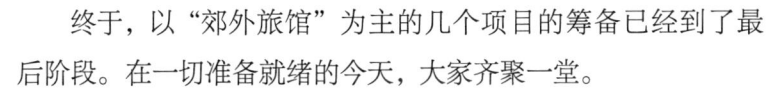

终于，以"郊外旅馆"为主的几个项目的筹备已经到了最后阶段。在一切准备就绪的今天，大家齐聚一堂。

"今天我们边喝酒边开会吧。"

田边笑着打开了带来的红酒。

终于到最后阶段了。回想过去，我不免有些感伤。

"现在回想起来，曾经想拿大预算做大事的自己，是没有自信的表现啊。事业规模，不会大于自己本身的能力。为了壮大事业，首先要自我成长，接受自己能力有限的事实，并坦率地接受大家的帮助。现在真是对当初硬逞强的自己感到丢脸啊。"

气氛一下子安静了下来。

糟了，我说的话过于认真了……我战战兢兢地抬起头，发现大家都把视线投向我身后。

"濑户，这才过了多久，你就开始说大话了。"

我回头看向门口，看到了一如既往的佐田。还没等我开口，一股冰凉的东西就顺着我的脸颊流了下来。为了掩饰，我特意提高了嗓门。

"欢迎回来佐田……我们一直在等你呢！"

大家开了红酒，庆祝新的开始。那天晚上，我们决定走向下一个舞台。

专栏 6-1

什么是真正的"失败"

在地方,我几乎没有见过按照计划进行的项目。相反,我看到过很多开发项目因为拘泥于既定计划,在中途应该调整的时候继续推进,结果一败涂地。

项目获得成功的过程,往往是不断改变计划的过程。在经历小挫折时,应尽早判断是否可行,并尽快调整方向。很多成功的案例,都曾被指责"和最初的计划有出入",但最终果断调整计划,并获得成功。实际上,我因为能力有限,几乎没有按计划推进过项目。我的第一家公司尝试过将全国各地商品进行在线交易的业务,但以失败告终。后来,获得盈利的是市中心的广告宣传和促销业务。之后,我在熊本市创业时,最初提出由区域内房屋业主们共同出资,提高区域整体价值的美国式振兴方式,但完全没人理睬。最终,我们对业主们支付的物业管理费动刀,将节约下来的费用一部分作为投资地方振兴事业的资金,这项事业一直持续至今。可以说变更最初的计划十分普遍。即使项目进展不顺利,不要闷闷不乐,而是要积极探索其他可能性。

事业发展中,会突然出现无法顺利开展,或者团队成员因生病、受伤而中途退出的情况,即使没有这样的情况发生,也会面临团队成员年龄逐年增长的问题。

换言之,没有永远的成功,即使几经失败,也要不断调整、做出改变,避免决定性的失败。

> **专栏 6-2**

有关"外来者、年轻人和傻瓜"的谎言

在日本,流传着投身地方振兴事业的都是些"外来者、年轻人和傻瓜"这样毫无根据的说法。实际上,若想让地区间合作成为现实,信用不可或缺。而且,这不是经历一代人就能形成的。"那人的父亲给了我很多帮助",这类温情的话语往往会推动事业的发展。

此外,在专业领域积累了一定经验、有一定知识的 25~40 岁的创业者往往比年轻人更为活跃。不会有人愿意与傻瓜合作,所以地方的创业者一定具备领导能力。与我一起在地方创业的人中,有的是家族企业第三代传人,有的是江户时期就有的商家的后代,还有的家中经营老字号店铺。但他们不只是单纯地继承家业,而是开拓新事业。与他们一起工作,更易取得成果。

虽然前几代人打下的事业基础有时会成为制约因素,但在项目开始运作时,更易得到他人的信赖。历史悠久这一财富是金钱买不到的。这些人一边积极地看待这些优势,一边开拓新事业,充分利用既有资源。另外,还要拥有"非我不可"的自负,投入资金开展下一个项目,才能不断壮大事业规模。地方经济衰退带来的影响巨大,排除万难取得成果极其不易。我从未见过仅靠"外来者、年轻人和傻瓜"就能获得成功的案例。

有信用的人,具备一定知识和经验的人,还有投资能力强的人共同合作才能取得成功。地方振兴领域的法则并不会与其他商业领域不同。

第 7 章

超越地方

筹措资金

佐田回归后不久，筹备中的项目顺利进入运营阶段。佐田、田边、野野村和我聚在办公室，开始商量如何以在学习会上学到的运营方法为基础，调整业务结构。

我对佐田开门见山地说：

"一直以来，'间间间株式会社'的业务都是以转租和活动策划运营为中心，但今后我觉得可以自行承担风险，进行项目开发及运营①。其他地区几乎都是通过自有房屋租赁，或是直营业务提升业绩，而非转租业务。"

佐田立刻表示赞同。

"确实如此。自己不做的话，赚不了大钱。自己投资虽然有风险，但利润也相对可观。目前的几个项目基本走上了正轨，差不多到了自己开发项目的时候了。"

我还谈了一直留意的"郊外旅馆"项目。

"至于郊外旅馆，我觉得我们也必须参与，你怎么看？"

"没错，不能只让柳泽一人担风险。和他一同开家新公司，

---

① 风险和回报是联动的。创业初期大多是低风险、低回报业务，租赁既有房屋，再将其转租给他人，从中赚取利润，但这样的业务利润有限，也有诸多限制。如果自行开发房屋，虽需承担风险，但房租可以全部归入囊中。如果自己经营店铺还能获得店铺的利润。不同阶段要做不同的挑战，在赢利的基础上，需要逐渐承担更大的风险。

筹集资金吧。"佐田同意我的看法。

"那我先问问柳泽的时间安排见面。远程也可以，希望你能参加。"我对佐田说。

虽说佐田已回归工作，但还不能太过勉强他。我们有时会以视频会议的形式，让佐田参加。尝试过才发现，视频会议可以利用零碎的时间进行讨论并得出结论，比起将大家集中在一起开会效率更高。虽说在本地开车最多十几二十分钟，但日积月累，浪费在路程上的时间也不容小觑。视频会议的作用并不仅限于和远在外地的人联系。

紧接着，田边也谈了高隔热住宅的项目。

"还有之前说过的高隔热住宅租赁项目，眼下8个房间已经确定被本地企业租下作为员工宿舍了。剩下的两间房，也有不少前来咨询的人，需要跟川岛先生尽快向前推进了。下一个项目也有了眉目，所以我认为是时候跟川岛先生一起创办新公司共同开发项目了。除了新建高隔热房屋，我们还接到了高隔热性能改造的委托。另外，和山守株式会社合作的 DIY 工作坊也很受欢迎。"

佐田点点头，说道：

"是啊，跟川岛和山守株式会社的能登一起开公司吧。"

我还想跟通过学习会和做学徒时认识的各地伙伴建立联系，于是建议：

"另外，像宫崎这样有合作的地区，在公司成立后，也可以把开发企划带到那边。"

"你是说南先生那里吗？项目的确无须局限在我们这儿。"

"我们运营的民宿，能否通过工作坊的形式，无须花钱进行隔热性能改造呢。我亲身体验过才知道，仅仅是做了隔热改造①，居住就能变得舒适很多。将我们的民宿作为样板间，推出免费试住一晚活动，当地老房子隔热改造需求也会随之而来吧。"

能跟得上佐田他们的对话是一件很开心的事。

我渐渐看清了自己的位置。

利用白天的空闲时间，我和柳泽先生见了面。他在资金筹措方面似乎遇到了困难。

"银行贷款不顺利。说是我们的餐厅很受欢迎是没问题的，但住宿设施的投资风险太高。餐厅及住宿即使周末爆满，平日也会有冷清的时候。"

该怎样解决呢？我们都陷入了沉思。这时，我的脑海中突然浮现出前不久去岩手时遇到的事。

"这么说来，此前举办学习会时，在岩手开产地直销店的人说过，产地直销收益浮动大，没有稳定收入，因此很难获得贷款②。

---

① 日本住宅舒适度差的原因之一就是隔热性能差，这也常常导致老年人冷休克。并且，隔热性能差的住宅会花费大量取暖费用，无论使用电力、煤气还是煤油等何种能源，如果该地区没有能源产业，便会导致资金外流，地方财政收支恶化。隔热性能改造不仅可以提高房屋舒适度，也是改善地方财政收支的有效方法。

② 产地直销店的一般商业模式是从当地农民那里批发农副产品再进行销售，从中赚取20%左右的差价。利润微薄、收成不好等影响销售额的不确定因素很多。因此，大多产地直销店是像公路驿站那样，利用国家补助开设店铺，再由地方政府每年支付数千万日元到数亿日元的委托费用来运营。但是，岩手县的紫波产地直销店内，入驻了县内的大型海鲜批发公司直营的海鲜店和知名肉店，保证了固定租金收入。与此同时，店铺采用了更经济的木建筑设计，加上DIY地板刷漆等努力降低投资成本，最终成功获得了贷款。这家店通过了金融审查，事业逐渐壮大，成为当地发展的驱动力。

所以，就让当地有名的肉店和海鲜店入驻他们的产地直销店，这样便有了稳定的租金收入，达到了贷款条件。我们也朝着这个思路想想办法怎么样？"

"原来如此。将郊外旅馆和其他什么组合在一起，就能控制平日和周末的收益浮动，保持稳定的营收啊……"柳泽先生恍然大悟。

田边也好像突然想到了什么。

"啊，这么说来，之前有人咨询说想开面包店，对了，就是商业街里倒闭的那家点心屋的女儿。她在集市上出过摊，相当受欢迎。她原来好像在面包店里工作。"

柳泽先生对这个想法很感兴趣。

"这样的话，郊外旅馆的现烤面包也可以委托她做。正好我们跟本地的小麦生产商关系很好，用本地的原材料做也不错。"

"既然如此，那就把接触过的商家重新筛选一下，将郊外旅馆建成本地人平日也能光顾的地方吧。如果只是接待外地游客也没什么挑战。"

我赞成佐田的意见。

"如果本地人平日就会光顾，那么有外地朋友来的时候也会推荐吧。"

"既然如此，最好微调一下设计。"野野村说道。紧接着佐田也补充道：

"最近大型餐厅也开始在地方开设郊外旅馆。我们作为本地人如果要做，就要做得特别。做生意不是跟别人做同样的事，而是做不同的事。策划一定要新颖。而且，贷款会带给项目适当的压力，比补助金更益于项目发展。借钱比白拿钱要好。"

之前由于我被政府项目分走了一大部分精力，再加上佐田遭遇车祸，这段时间的公司宣传①没有跟上。因此，参观的业务也相应减少了，后来重新将宣传重视起来后，虽然预约有所增加，但有件事我一直比较在意。

"最近，来参观的人不断咨询我们在本地的项目。"

"只在参观的时候进行说明，能传递的内容毕竟有限。"佐田说道。

田边立即建议道：

"我们将前来考察、参观的人编成参观团吧。个别应对比较耗时，大家都是来这里参观的，关心的事情相对一致，所以团体接待会比较轻松。大家互相认识一下也是好事。"

"这个主意不错。或许还能有人成为我们的商业伙伴。我在做政府项目时，政府那边有顾问参与，我们做项目的话，是否也能找顾问参与呢？"

正当大家聊得热火朝天的时候，电话铃声突然响起。

"我去接……这里是间间间株式会社。"

"你们那儿的东乡帮我们拿到补助金后，就杳无音信了。这是怎么回事？"

---

① 地方项目中，并非所有行为都像举办活动那样肉眼可见，还有很多看不见的努力，不积极宣传就无人知晓。另外，也需要与他人分享项目中发现的地方问题和优势，因此需要积极宣传。比如建立网站、发行杂志、发布项目年度报告等，要将其作为必要业务之一。

"东乡？对不起，我们这里没有这个人。"

"不、不，不可能的。他拿着你们的名片来我家，还给我看了很多资料。"

"我们这边确实没有这个人啊……请稍等。"

我保留通话的同时，把情况告诉了佐田他们，大家当然没有任何头绪。然后我让打来电话的人将东乡这个人的名片和给他看过的资料寄过来，便结束了通话。

好不容易所有事情要回到正轨时，我们身边又开始飘浮起不稳定的空气。

小成就，大态度

我们根据寄来的名片上的信息在网上搜索东乡，发现他的照片堂而皇之地登录在 SNS 上。他不仅与我们的业务毫无关系，甚至我们连他的面都没见过，但田边从过去的名单中检索得知他曾来参观过一次。

"这家伙一直吵着要我复印资料给他。我觉得麻烦，就复印了一套给他，没想到会变成这样……真是棘手啊。"

他们利用从我们这里复印的资料在各地推广业务，通过代写申请书获取政府补助金，再从中收取一部分手续费获利。

说起来，我在各地出差的时候，也曾被徒有虚名、靠帮别人申请补助金的所谓顾问们咨询过很多事。只是我没想到他们竟以欺骗为生。

"要是能用申请下来的补助金做成项目还好，但如果什么成果也没有，甚至中途放弃，那就太过分了。"我对佐田说道。

"确实如此啊。但错不在我们，所以如实说明情况就可以了。但小心今后不要再把资料复印给可疑的人。"佐田也一脸为难，但我却无法原谅那些人。

"下一个又不知道谁会被骗。以我们的名头骗人，我们的信用也会下降。其他地区一定也有同样的麻烦吧。我去问问他们都是怎么做的。"

不仅是东乡的事，田边那边似乎还有其他麻烦事。

"只要稍微引起点关注，就会有很多机构组织联系我们，要求协助做调查问卷。还有的让我们接受采访，要将我们的项目刊登在地方振兴案例集中。真是太麻烦了。这样的事能不能一并解决呢。"

对此，我感同身受。

"每次都是我们填写数据，发送资料，甚至连原稿修改都由我们来做，真是太奇怪了。他们是从国家或地方政府那里拿钱做调查的，我们居然是免费为他们干活儿①。"

"光抱怨也没用。我们把这件事商业化吧。想到了就去做，这才是我们的风格。"

那些徒有虚名的顾问花费了大量税金，却在当地连一个项目都没有做成，难道没有办法改善这种状况吗？我们开始思考这个问题。

在那之后，每天都因为开展新项目而手忙脚乱，没有时间去考虑顾问的事，就在这时，公司又收到一封邮件。内容是，希望我们在政府各部门负责人参加的地方振兴相关会议上做项目报告。

"佐田，这个怎么处理？我觉得没必要去。"

---

① 每到年度末，政府及各类分支机构会对外委托进行各类调查，因此独具特色、有成果的项目将会收到大量拜托请求。他们会请求我们接受采访、提供资料，还会希望我们确认原稿内容。我曾尝试对不妥的地方画红框，有时全篇都是红的。几乎没有机构会为我们的协助支付费用，但他们却能得到一大笔预算。

第 7 章 超越地方

"嗯,去也没什么意义。濑户你去婉拒一下吧。"

我以日程排不开为由拒绝了对方,但对方三番五次地表示可以调整日程,无论如何也要我们参加。

"对方说什么都希望我们能参加,要不我们俩一起去看看吧。去东京的差旅费由对方出。你在东京有没有其他的事要做?"

佐田仰望着天花板,想了一会儿回答道:

"虽然为了 1 小时的报告特意去趟东京有些麻烦。不过正好有熟人在那边开了店,顺便去看看吧。还有上次说到的有关政府顾问的事,他们只会开些没用的会议,出的预算也没用到刀刃上。趁此机会,我们好好反映一下吧。"

佐田想让他们知道,过去经历的数次毫无意义的"地方扶持政策"给地方造成了多大麻烦。由此造成的诸多混乱,让在地方认真创业的人成为大家的笑柄。

在阴郁的天气中,新干线驶进了东京站。

车内响起了广播,"由于天气原因,今日晚点 1 分钟。为给您带来的不便,我们在此表示衷心的歉意。"

因为 1 分钟的延迟而道歉到这种程度的列车大概也只有日本了吧。将整个社会的沉闷反映得淋漓尽致。

在新干线上读到的报纸上,某大型企业财务造假的报道几乎占了整个版面。出于某种目的,上级往往为了明哲保身,强制下属做一些拿不到台面上的事,最终导致"谎言"正当化。有组织地集体说谎成为工作的一部分,谁都不会因此而产生罪恶感。因为这是"工作",而大家都是"成年人"。

我翻看着会议前送来的成功案例集，一旁的佐田只看了封面就笑了。

"什么《地方振兴成功案例 100 选》，真是太搞笑了。有 100 个成功案例的话，地方就不会衰退了吧。"

大企业和地方项目有共通之处。比起盈利，更看重的是如何尽快拿到补助金，有时甚至还会为此财务造假，有组织地做着没有任何实际价值的事。虽然每个人都心知肚明，但大家想的是又不是我一个人做这种事，不仅不会产生罪恶感，甚至还可能把自己当成受害者。那些一个项目都没做成，只靠着补助金勉强度日的小公司，竟也会被毫不介意地刊登在"成功案例集"上。

这次听说是"成功项目横向发展①扶持政策会议"。也许是因为国家推进的项目效果不佳，所以政府考虑让成功的企业在不同地区开展事业。

下了新干线，我们坐地铁到了霞关站，来到召开会议的办公楼。会议在位于建筑一角的会议室召开。我最后检查了演示资料，刚坐下，各部门的人就陆陆续续地前来交换名片。都是些没太见过的头衔，完全不知道谁比谁职位更高。

"今天，我们邀请的嘉宾远道而来。"

作为会议主持人的大学教授说明了本会的宗旨后，将话题引向我们。因为佐田今天只回答提问，所以我用了大约 30 分钟

---

① "成功项目横向发展"是地方政策中常见的主题。扶持的基础是补助金，但典型的成功项目大多不依靠补助金，而是完全靠自己。靠补助金获得成功的项目本身就是矛盾的。如果要将成功项目作为示范项目，最重要的是要展现其不依靠预算、自力更生的过程。

第 7 章　超越地方

的时间谈了以民间为主体、不依赖补助金的项目的重要性,之后便是讨论环节。

名叫鹿内,名片头衔写着"课长"的男人,皱着眉头首先发言。

"大家努力创业是极好的,但你们不过是在小城市做了几个小项目不是吗? 如果周边地区也出现类似的项目,恐怕马上就不行了吧?"

他们似乎认为,只有没人做的项目,才能取得成功。若换作平时,佐田早就发火了。但今天面对这种失礼的措辞,我比佐田先回嘴了。

"周边出现类似项目时,我们已经着手下一个项目了。地方事业不是垄断,而是有竞争才会成长。连锁效应能够创造活力。即使我们失败了,他人取得了成功,那么下一个阶段,我们会更加努力地取得成果。就是这样循环下去。"

鹿内一边摆手,一边说着不是,不是。大概是因为我们年轻,他的语气中充满了对我们的不屑。

"不不不,我不是问那个。你没明白我的问题。我是说你们现在做的都是小项目吧,即使现在这个项目成功了,下一个也可能失败。我们考虑的是能在全国范围内取得巨大成功①的方

---

① 二宫尊德有句话叫做"积小为大",意思是"想要成大事,就要坚持不懈地做好小事。因为小事积累起来才会变成大事。人们常常渴望做大事,而怠慢小事,不想做难做的事,又不屑于做容易的事"。一个连小项目都做不好的人,一旦拥有庞大的预算和权力,就会产生错觉,以为自己能做成大事。但是,无论手握多大的预算、权力或是团队,都无法做成超出自己能力范围的事。在全国范围内取得巨大成功,只是那些没做过一个小项目才敢说的妄言而已。

法。所以我问的是，为大家提供怎样的支持，才能让大家的小事业做大做强呢。这对于你们来说绝对不是坏事。若是周边出现了同样的项目，就会马上倒闭的小事业，通过我们的支持，在全国范围内获得成功，还有比这更好的事吗？"

他仰坐在椅子上的态度让我很气愤。

"那就容我直说吧。你们向全国发放数千亿日元的预算做的项目，不是几乎都失败了吗？你们自己随意罗列的成功案例选，只是把没用补助金的成功案例和拿了补助金的案例混为一谈，企图蒙混过关吧。"

会场渐渐骚动起来。

"只干了这点活儿的人，却将他人自己承担风险，努力做的事业称为不起眼的事，有点风吹草动就失败什么的，未免太没礼貌了吧。你们也先做个成功的项目再说吧。"

我突然发怒，让鹿内有些吃惊。

"我们是着眼于全国的情况来说话的，所以和你们看到的世界是不一样的。总之，我明白了。"

鹿内想要结束这个话题。一直沉默的佐田打断了正要反驳的我，低声说道：

"所以说，从一开始就没必要叫我们。大家围着圆桌，从地方叫人来，让他们讲你们想要的回答，这样的戏还是别演了吧。你们也从零开始试试看吧。这样马上就能明白我们在说什么了。不过你们的话大概什么都做不成。"

佐田直勾勾地瞪着鹿内，鹿内的视线却游离在空中。

"所以说，我们不能成为主体。我们的立场是如何扶持地方

第 7 章 超越地方

和各位这样在地方创业的人。我们和你们的领域不同。"

佐田对鹿内那闪烁其词的回答穷追不舍。

"你还没听明白吗?究竟怎样的支持才有效,没做过项目的人是不会知道的。正是因为不知道,才总是开些像今天这样没用的会,把我们叫来讲话,怎样的支持都没用!"

佐田恶狠狠地说完,站起身,指着鹿内。

"也许你毕业于名牌大学,可脑子不好使啊。"

会议室顿时鸦雀无声,只有空调机还在发出低沉的"嗡嗡"声。一两秒的时间,我却感觉有十秒那么长。

不知是因为在众多领导、下属面前挨骂太过震惊,还是因为在人生中从来没有被人说过"脑子不好使",鹿内的脸渐渐红了起来。他站起身,砰的一声打开门,走了出去。

这时,一个看起来像是中层领导的男人想要扭转一下尴尬的气氛,提出了一个老生常谈的问题,"如果想让大家在全国范围内推广事业,您认为怎样的扶持政策比较好呢?"

佐田冷静地回答了这个问题。

"最好的扶持就是不扶持。制定敷衍的扶持政策,地方很多人就会奋笔疾书写申请书申请预算,为了得到预算还要花费大量精力与政府沟通,而这些精力本应花在客户身上的。因此销售额很难增长。不盈利的项目,无论得到多少补助金,早晚都要完蛋,就只能像转车轮一样不停地申请补助金。那些人反而还觉得我们这些不拿补助金全靠自己的生意人很奇怪。可以说,扶持并不会让地方振兴。切断援助,才会有真正认真做事的人站出来。"

另一个看起来像是上司的男人从旁边走过来。

"佐田先生说得没错,不应该一上来就问你们想要得到什么支持。"

接着这个人又对刚才提问的人说道:"你应该先自己想想,然后再询问。"

之后又进行了几段莫名其妙的对话,会议就这样结束了。

结束后,部门的年轻人们前来道歉说:"那个人总是这样。"

相关部门中有不少人是从地方政府借调到中央政府的①,他们说:"我们平时也觉得很别扭,但很难说出口……"没错,就是这样。每个人都觉得别扭,却不说出来,这就是日本这个国家的病症所在。不说出口,拼命忍耐,跟大家做一样的事,在这个国家被认为是"成年人的做法"。正因为如此,错误才会循环往复。

这样的会议不仅"浪费时间",还会消耗参会者的精力。结束后,一股难以名状的倦怠感向我袭来。

我们必须要抗议无意义的"扶持政策"。因为越是采取拙劣的扶持政策,地方就越会走向衰退,这是毫无疑问的。

会议上还有各种各样的智囊团和顾问。听说其中不少人能顺利打听到国家政策的相关信息,提前把提案投给熟人所在的地区,使其获得大笔预算,然后自己赚得盆满钵满。这是常见

---

① 在中央行政机关工作的,并不都是通过国家公务员考试的人,还有很多借调的地方公务员。借调表面上是为了扩大中央和地方的联络网,但有的地方想通过与中央建立联系来获得更多的预算。这些人争取到预算后回到地方,未等开展项目,又可能会被调到别的部门。这种卸磨杀驴式的人事安排会让原本充满工作热情的公务员失去干劲儿。

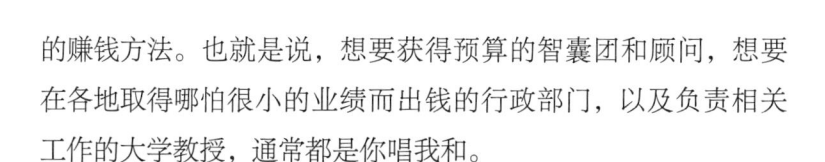

的赚钱方法。也就是说,想要获得预算的智囊团和顾问,想要在各地取得哪怕很小的业绩而出钱的行政部门,以及负责相关工作的大学教授,通常都是你唱我和。

"无论是之前的假顾问,还是今天的扶持政策,我们都要好好想想对策了。我们得改变下资金结构,考虑项目也要比那些家伙早先一步才行。濑户,我可是认真的。"

佐田充满激情地说着,下次团建时要集中讨论如何改变资金结构。

比起生气,我们更加焦急。因为我们认为鹿内这样的人若是地方扶持政策的负责人,对地方来说是一种危机。因为那个家伙打从心底瞧不起地方。

投入税金

最近的团建不限于内部，还叫来了全国各地的商业伙伴参加。我们将大家分成三个小组，集中讨论"不紧急但极其重要的内容"。平时，我们往往会优先处理"紧急但不重要的事情"，但这样一来，我们有时就看不到正在处理的是否真的是必须要做的事情。如果以忙为借口拖延问题的解决，事业成长迟早会碰壁。所以团建时，我们会中断一切日常业务，以中长期的眼光来审视应该做的事情，并果断放弃目前不必要的事情，这就是我们的风格。

这次我们订了滋贺大津一家新开的旅馆，大家一起住了下来。每天晚上喝酒聊天，度过了3天2夜的充实时光。

今天是最后一天，作为全体小组的共同议题，大家就"如何应对几天前发布的扶持政策"进行了讨论。我们考虑开展项目时，必须考虑如何避免受到扶持政策的影响，因为扶持政策往往会投入大量不计回报的预算。

长野的商业伙伴发言道："我们城市也有类似的情况。手握政策相关信息的地方建设非营利组织①，以补助金为生。这次他

---

① 每年都有众多参与地方建设的非营利组织通过接受行政部门的委托获利，或者通过拿补助金来弥补亏损。政府预算都是年度结算，因此还要费尽心思去获得来年预算，无法从容地考虑地方的真正所需。最终，维持自身生存成了他们唯一的工作。

们也申请到了面向旅日游客的民宿开发预算,所以便在地方随意建立相关委员会,给我们的发展造成了很大阻碍。"

佐田无可奈何地拍着桌子说道:"地方不断出现这种像僵尸一样的家伙,都是因为各类补助金太多了。一个愿买一个愿卖。就像毒品一样,真希望赶紧取缔啊。"

看上去,佐田相当生气。

"他们反而觉得脚踏实地的创业者是怪物。之前去开会,还说我们做的是不起眼的事业。他们觉得花 100 亿日元建的赤字设施,要比投资 3000 万日元,每年盈利 300 万日元的事业了不起得多。真是太傻了。"

我不顾情绪高涨的佐田,开始和田边他们说了我们的想法。

"首先,要加强跟我们立场相同,也就是认真对待地方事业的经营者之间的联系。目前为止,我们在资金筹措和宣传方面都是分开来做的,我认为是时候大家一起来做这些事了。俗话说,人多力量大嘛。另外,有些顾问也有问题,他们只是把我们的工作整理成报告卖给政府部门而已,所以这些还是由我们这些真正参与工作的人来做比较好。"

对于我的提议,山形的经营者却表示,"话虽如此,但大家工作都很忙,很难有精力为各个地区提供咨询啊。"

的确如此,但我还是坦率地表达了自己的想法。

"我们一直以忙为借口没有管这件事,认为先专心做好自己家乡的事就行了,正因为这样,才导致了现在的状况吧。"

佐田点点头,从散落在桌子上的资料中拿出上次会议上发的成功案例集。

"我们的本职工作不是给别人的事业提供建议。不过，就这样放任不管，才有了拿这种敷衍的案例集①赚钱的家伙。我们不但一分钱没赚到，有误的信息还被整理成了资料。所以，我们必须要采取自己的方式，即负担小、效率高的方式。当然是在不依靠税金的前提下。"

我把事先整理好的资料用投影仪播放出来。

"我们考虑的是联合全国各地的商业伙伴，建设支持其他地方振兴的学校，采用线上培训和联合研修相结合的新方式。虽然我们不能逐一为其他地区提供咨询，不过通过线上培训可以分享我们的经验、提出建议，还可以做像今天这样的团建。这样一来，各个地区既没有过多的负担，还能学习创业的方法，并得到支持。我们将多个地区整合为一体，也能更有效地应对变数。"

田边补充道："这样一来，各地区无须为了请顾问，花费巨额预算，我们也能够充分得到报酬。相比从3个地区各收取500万日元，总计1500万日元来说，还是从30个地区各收取50万日元，对地方来说负担更小。50万日元的培训费，地方项目不到1年时间就能回本。投资了就要回本，这是我们的原则。不是有句话叫，授人以鱼不如授人以渔嘛。"

------

① 日本政府调查的一贯方式是列出成功项目一览表，并将其分类做成"案例集"。但要了解一个成功的项目，必须跨越整个时间轴，多角度、深入地理解其开发过程。但是，很多案例集只是对成果的梳理，虽然看起来好像很清楚，但对实际操作毫无用处。比起肤浅而广泛地了解众多案例，深入了解一个案例更有帮助。

佐田从我们的发言中看到了成长,微微一笑,点了点头。

"加上数据就更容易理解了。目前为止,大家都是等着分鱼,这次各地区自己能捕鱼的话,就无须特意等着分鱼了。全国志同道合的人联合起来,一起做创业学校吧。有目标,才更有挑战。3 年实现 100 个项目,这就是我们的目标。"

这个方案也得到了其他地区伙伴的赞同。于是,趁热打铁开始招募学员,一开始就有超过 50 个地区的人前来咨询。这个计划,看来可行。为了抗衡假顾问和使用税金的地方项目横向发展①政策,我们决定建设新机构,并建设了官方网站。

学校顺利开业了。一开始,因为回应咨询、处理系统错误等,忙得团团转,3 个月后情况总算稳定了下来。

也许是因为一直处于忙碌中,半年时间转瞬即逝。

首期课程即将结束的某一天,我在脸书上,突然收到了熟人的信息。

"这是濑户你们做的吗?"

我点击了上面的链接地址。

"这是什么啊……"我大吃一惊。

据悉,国家要花 10 亿日元创立学校,请优秀的讲师们进行

---

① 最初由民营企业取得成果的项目,有可能成为政府横向发展政策的对象。这样一来,政府就会在全国范围内对类似的项目提供补助金,原本成功的项目可能因此消失得无影无踪。每年,很多成功案例都会成为政府发放补助金的政策工具。但事实是即使得到补助金,模仿成功项目的做法,项目在其他地区也未必会取得成功。而成功的项目也会因为忙于接待参观而影响业绩。

线上培训。此外，全国各地都要举办实地集训，地方政府职员必须参加。

听到这个消息的佐田咂了咂嘴说道：

"真是的，净做些山寨货。"

我不敢相信自己的眼睛。今年确定追加修正预算后，竟然把这些用在完全模仿我们的项目上。讲师阵容都是国家委员会的人和一些奇怪的顾问，并且全部免费。免费不是真的吧。这10亿日元的血汗钱，可都是从我们这里拿去的税金吧。

"这种大项目，绝对出不了什么成果。放心吧，濑户。我们会踏踏实实地在支持我们的地区好好做。一个也好，两个也罢，只要将盈利这件事贯彻到底就行了。"

听了佐田的话，我心中不断涌起斗志。

"各地的项目总算都有了眉目，不过真正的较量现在才开始。"

过了半年，第一期参加培训的地方学员们毕业了，一个接一个地开始创业①。而且，随着第二期参加培训的地方团队的到来，第一期的学员们开始作为前辈提供支持，建立起了前所未有的地区间联系。不仅有民间人士，还有很多自费带着朋友参加的地方政府职员。

---

① 学校的目的不仅仅是学习，自主创业并取得成果才是关键。为此，对成功的项目，从经营角度出发，通过对开发过程、组织架构设计、人才任用等方面进行讲解，介绍每一阶段的思考方式十分重要。在不同时期、不同场合、不同成员的情况下，仅听一次讲座无法了解其本质。因此，有必要经过几个月的学习，积累实际操作经验。另外，积累校友人脉也是学校的重要作用之一。

我们的团队是由多个地区联合创立的新公司，通过与各地的银行、投资人等合作来筹措项目所需的资金。我们的目标是建立统一进行资金筹措的体制，而不是让各个项目分头行动，避免他们为了资金筹措每次都与金融机构进行交涉。

为了宣传新成立的地方合作公司，我们参加了某地方振兴研讨会。一个熟悉的身影迅速向我们靠近。就是那个在会议上中途离席的男人——鹿内。

鹿内依然对我们嗤之以鼻。

"你好歹也在东京待过，在那种乡下，一点点地做着不知道能否盈利的事业项目，还不如跟我们做挣钱更快呢。真是傻瓜啊。对了，那种小破学校，是好朋友俱乐部吗？而且听说还收费？看来你们还真是缺钱啊。我们的学校可都是免费的，还会在全国范围内举办会议。反正地方也想不出什么好点子，按照我们的想法去做就行了。"

我绝对不能输给这种家伙。

"话可不能这么说，你们仿照我们办的学校可不是免费的啊。不都是用我们支付的税金办的吗？你们原本可能是打算做崇高的事情，不过最终只是乱撒大家的钱而已。我们那里都是下定决心自己出钱在地方创业的人。我们一定会拿出成果的。一定会。"

"哼，你们是傻瓜吗？我们的才不是山寨，而是王道啊。你们可不要误解。我们一直以来都有做人才培养项目的。拥有全国地方政府的各级部门联系网的也只有我们。你们都是什么脑子才会觉得我们一定输？资金、信用、组织，我们什么都有。而且我们又不像你们那样，只为了赚钱而做。如果你们比我们做得更好，我倒是可以低头道歉说我错了。"

"好，那我们就这么说定了。"

一直默不作声的佐田暗自一笑。

"鹿内先生，那么就以两年后取得多少成果论胜负了。你到时候可不要抵赖啊。"绝对不能输的战斗就此拉开序幕。

> **专栏 7-1**

通过地域合作产生影响力的思维方式

在某个特定地区取得的成果终究有限。在有限的资源下组成的团队,难免有短板。为了弥补不足,建立地域合作机制十分重要。

在过去,人们认为只有某个特定企业迅速成长,在多个地区开设连锁店的"纵向成长"战略才有效,但现在多个地区连带成长的"横向成长"战略也颇为有效。如果某个特定企业或组织过于强大,便会榨取其他地区的资源。但是,多个地区若是在相互成长的基础上,联合起来共同行动,无论是对所在的地区,还是对事业本身,都非常有利。

我们正在努力做的是,为做旧房改造项目的团队,向其他获得成功的团队请求支持,以及和其他地区联合完成在线培训系统的构建,并以此提高创业培训效率。

特别是在各地没有能力持续聘请专家,无法开发能够显著提高效率的系统时,互补合作非常有效。互联网时代,定期的商讨和系统的使用都可以在线进行。工具多种多样,比如 Skype、Facebook、LINE、Google Hangout、Appear.in、Zoom 等,可以根据实际情况进行选择。还有 Slack 和 Facebook 群可供单独交流。新时代下,必须有效利用这些工具,不再各自为营,力求创造出新的地域合作模式。

> 专栏 7-2

取得成功后的"自负"

日本的地方振兴行业每年都会出现引人注目的案例,随后又慢慢消失。这背后的原因是每年国家和地方政府都会发行各种形式的"成功案例集"。

这些案例集面向经济衰退地区的经营者或团体,简单来说,其目的就是让大家模仿这些案例。而且,因为有各种形式的激励机制,稍有成果马上就会受到瞩目。

如果项目被收录在成功案例集中,负责人就会被各种讲演分散精力,进而疏忽本业。此外,还会收到国家各类示范项目政策的协助邀请、委托项目邀请,以及各个地方政府的咨询委托。如果积极回应,团队便会走下坡路。以前他们甘愿承担风险,自主创业,但不知不觉中,他们不愿再承担风险,只愿做被委托的项目。从短期来看,毫无风险地收取高额委托费、咨询费,确实不错。

但如果不把政府委托控制在一定的比例,并专注于本业,那么原本已经成功的项目便会瞬间垮掉。

在地方,略有成果便会引起关注,但此时必须小心。单纯地认为利用高额预算可以做更多的事情,或能得到团队成员的认可便参与其中,就可能像濑户一样"自食其果"。

第 8 章

真正的"伙伴"是谁

砸别人饭碗的权力

鹿内露骨地使用了卑劣的手段。

为了用税金免费开办学校,鹿内在我们合作过的地区转了一圈,花了很多钱挖讲师,采取了分裂战术。一旦遭到对方拒绝,他就会对该地区的相关项目进行间接阻挠。有时要求项目负责人进行详细汇报,有时中途干涉项目内容,妨碍我们与该地区的合作,使项目很难向前推进。

鹿内从中阻挠的事,是我在接到德岛的商业伙伴的电话时得知的,他们想要脱离我们的关系网。就是这通电话让我无比震惊。

"鹿内从中作梗的事我了解了。但是,国家的一次性预算3年之内就会中断,所以各地方还是要联合起来自主创业。大家必须要一点一点建立起能够持续盈利的机制。不管是国家的委托项目还是拨款,拒绝不就行了吗?"

面对步步紧逼的我,德岛的伙伴郑重地说。

"濑户君,你太自以为是了。我们有自己的生活,有家人。社会如何,地方未来又如何,在考虑这些之前,我们必须要维持生活啊①。拒绝就好了,你说的倒是轻松。被政府盯上,项目

---

① 地方振兴的一大阻碍是,如果优先考虑自己的吃穿用度,那么无论是补助金还是拨款,短期来看都十分见效。但如此下去,会逐渐出现项目收益差,或赤字项目被搁置的问题,地方将陷入没有外部扶持便一事无成的恶性循环。我之所以如此坚持不依靠补助金,是因为我见过许多依靠补助金的经营者的下场。将为了生存作为借口,只顾眼前是无法改变地方的。

无法开展的话，我们要怎样生活？你们的理想很高尚，我也认为小城市中脚踏实地做事业很值得尊敬。但是，你不能要求我们也照做，我们的事情该由我们自己来决定。你们没有权力砸别人的饭碗。"

"砸别人的饭碗"这句话刺痛了我的心，我无法反驳，只能说，

"……抱歉。"

挂断电话后，我的心情久久无法平静，身体僵住了好久。我们的想法是对的吗？我觉得他们说的也没有错，但总有些什么和我们的想法不一样。唯一可以肯定的是，通过"地方合作"这种含糊的口号来增加伙伴、建立网络，是引发纠纷的主要原因。我们是否太过于追求表面上的数量了？这件事引发了我的思考。

我们被迫改变策略。

"鹿内似乎想要挖走我们的成员，开设培训课程，所以联络了很多我们的讲师，并提供职位。另外，还暗地里对我们合作的地区施加压力，让他们中断与我们的合作。"我跟佐田说。

佐田也接到了各地的联络。

"他的手段还真卑鄙啊。暗地阻挠，直接挖人，还使用税金白白建学校。一想到还有很多这样的家伙，就让人恼火啊。我们努力做的项目，就这样被抄袭。补助金、拨款的存在，又驱

使人们向国家陈情①。真是什么都做得出来啊。"

我一边用平板电脑浏览鹿内他们的业务网站，一边回应说："看了课程，连大纲都没有。只是将讲座放到网络上，和我们做的是似是而非的东西，明眼人都能看出来。即便如此，也太过分了。没有后续支持，只在网上听听讲座一点意义都没有。但鹿内他们好像不在乎这些。"

佐田怒不可遏。

"最让人不爽的是免费开放，这样一来根本就招不到真正有干劲儿的人②。而且，把民营企业好不容易才建立起来的关系网，只通过一些拨款就全部毁掉，这更让人不爽。"

话虽如此，我们也没办法阻止。

"不过，我觉得这倒也是个筛选合作伙伴的机会。只想着眼下挣钱，而忘了初心的家伙，是成不了大器的。我们不是要通过学校挣钱，而是建立一种可持续发展的机制，将开办学校的收益用于开发下一个项目。若是和那些参与山寨项目的家伙合

---

① 很多人在地方创业时，会通过"陈情"请求地方政府的支持。而地方政府和行业机构也习惯了通过"陈情"，请求国家给予更多的补助金和拨款。不是通过改善项目的可行性，而是以杜撰的计划，动用各种关系，得到支持。擅长陈情的人，在地方被认为是"能干的人"。通过陈情，看似解决了问题，但实际上只是拖延了这些前景不明朗的项目爆雷的时间。

② 很多人认为，只要不从自己的钱包里拿钱，无论做与否，对自己都没有损失。因为免费，所以便抱着轻松的心态去听课，如果觉得对自己没有帮助，就中途退出。即使偶尔有干劲儿十足的人来，但因为周围几乎都是没有热情的闲人，也会最终离开。但这也并不是说要让学员支付高昂的费用。支付合理的费用既不会增加学员们的负担，也能通过项目的实现迅速收回成本。

作，迟早也会出问题。"

对于我来说，这些人是好不容易增加的"伙伴"。但多次参与政府项目均以失败告终的我也非常清楚坚持自主创业，推动地方事业发展的难度。

我对佐田说："在地方创业，会有很多预算的诱惑。拿到预算后，明明知道应该做什么，但回过神来的时候往往发现如果预算中断，项目根本无法正常运转。而我恰恰因为承接的预算项目进展不顺利，才能像现在这样自主创业。"

佐田回应道："很多人最初的时候也是带着自主创业的信念开始创业，但不知何时便开始申请补助金，或是与政府打交道。如果选择了更舒适的路，以后就很难再回来了。我就认识很多这样的人。"

"我们必须在本地项目上站稳脚跟，只和理念相同的商业伙伴合作。虽然我心里明白这些道理，但还是有些落寞啊……"我不禁感慨。

"傻瓜，又不是小孩子，别自怨自艾了。快，去开会吧。"

走到外面去停车场取车的时候，我的脑海中浮现出各种各样的想法。将别人当作合作伙伴难道真的只是我的一厢情愿吗？现在我只痛恨鹿内在地区间合作中搅局，横插一脚。

坐进车里，我和佐田去参加高隔热租赁住宅和郊外旅馆等开发项目的报告会。会议在室内装修已接近尾声的高隔热租赁住宅的一个房间里举行，负责开发的野野村和川岛也在场。

我们一进房间，川岛便挠着头说道：

"哎呀，真是头疼啊。我们办公室的信箱里不知道什么时候放进了一个信封，打开一看，是我们之前的项目刊登在行业报纸上的报道被剪了下来，上面写着'骗子'。里面还有封信，说我们表面上说得好听，其实不过是使用肮脏的手段在当地赚钱罢了。"

这封"奇怪的信"明显是对川岛的建筑队有很大不满，被川岛"啪"的一声摔在桌上。

佐田连看都没看就说：

"写信的家伙一定参加了高隔热住宅的工作坊。虽然不知道是谁，但也大体能够想象。这样的人没有业务也是自作自受。写这种信，只是单纯惹人厌罢了。川岛先生，这种连个名字都没写的信，肯定没写什么正经事，今后不用看直接扔掉吧。我们之前也经常收到类似的信。"

川岛似乎无法像佐田那样想得开，皱起了眉头。

"唉，话虽如此，不过这样被骂，还是很影响心情啊。我们正在做的确实是赚钱的项目，不过，不赚钱事业也无法维持啊。大家都是为了振兴家乡努力，但无论做什么，总有人不欢迎我们，真让人郁闷啊。"

佐田郑重地回应道：

"就是因为很多人怕被别人骂，所以做着不赚钱的项目，地方经济才会走向衰退。我们能做的就是为相信我们的人努力，不要被怀疑我们的人所动摇。"

佐田说得没错。不过，我很理解川岛的心情。自己明明在做好事，在做应该受到认可的事，却被人说成坏人、卑鄙小人，换做谁都难免沮丧。

非本地人的鹿内就算了，连本地人都这样指责我们，那我们究竟在和什么战斗呢？回到家乡，抱着想让家乡变好的信念，经历了被欺骗、被利用、失败、同伴受伤，我们都坚持了下来。好不容易开始取得成果时，反对者又站了出来。

取得了成果，为何还有如此多的阻碍？我们做的事真的有意义吗？在这种状态下，能在其他地区获得成功吗？我们足够优秀到指导别人的程度了吗？

郊外旅馆项目一开业便接到了国内外的预约，盛况空前。高隔热租赁住宅也得益于反向开发全部得以出租。此外，我们在高隔热租赁住宅里特意留出一间可供临时住宿的房间，面向本地人或是亲戚朋友推出了一晚住宿体验活动，结果因为超乎想象的舒适度而大获好评，也因此接到了很多隔热性能改造的订单，建筑队的业务进一步扩大了。

随着事业的壮大，当地对我们的不满也越来越强烈。与此前将自家老房子改造成小型的共用空间时不同，我们现在的事业，被说成一家独大。

而且，此前鹿内的那句"我们不像你们那样只考虑赚钱"的话，也深深刺痛了我。在地方创业，竟会受到地方和来自外界两方面的批评，而拿着使用税金的预算，搞一次性的项目，或是给地方造成巨大负担的项目开发，却不会受到批评，是否太不合理了？

事业的充实和外界的批评，这种矛盾的状况使我疲惫不堪，但我尽可能地隐藏这种不佳的状态，因为今天恰巧是我的生日，我要和母亲一起吃饭，我很久没有见到她了。

"抱歉抱歉，我迟到了。"

也许是精神压力过大，工作总难以推进，最近我常常工作到深夜。今天也是为了解决突发问题，所以迟到了。

"没关系。不过，你看起来好像很疲惫啊。"

什么都瞒不过母亲。她看到我的脸，就马上知道了。

"是啊。最近发生了很多事。我特意为了家乡发展回来，做不出成果是失败，作出成果了又被批评。我渐渐不知道自己究竟在做什么了。而且，不仅是本地，还有外界的阻碍。但我是绝对不会输给那种家伙的。"

"哎呀，真稀奇。淳竟然这么生气。"母亲说道。

"是啊，因为有让人火大的家伙，连我这样的性格都忍不了了。"

鹿内那张讥笑的脸在我的脑海中闪过。

"这么生气也证明你确实是认真的。不过，不要认为自己做什么都是为了别人。凡事如果想着是为了自己，做事就会更干脆①。你爸爸去世后，我就是一边这样想着，一边坚持过来的。虽然会有批评，但不要忘了这种时候也会有称赞。"

"嗯，我知道。"

---

① 在地方努力创业，往往会认为自己是在为他人做好事。正因如此，才会认为得到别人的认可理所当然，或对他人抱有过分期待，认为自己做什么都可以被原谅，或毫无顾忌地使用他人的资金。资金使用上，最虚假的说辞便是"为了他人而使用他人的资金"。因为无论是无偿奉献还是商业活动，归根结底都是出于自己的意愿，所以理应自己投资，受到批评更无须恼火。

"看到你下定决心回来,将原本打算卖掉的房子改造得那么漂亮,每天和佐田他们一起努力的样子,我很自豪。你也要多一点自信。"

从小母亲就总是在我快要失去信心的时候鼓励我。即使做得不如别人,也绝不会指责我。

"嗯、嗯。谢谢。我去一下洗手间。"

我从椅子上站起来,心中流过一股暖意。母亲突然叫了起来,

"淳,等一下!"

我惊讶地回头一看,母亲慢慢地把手伸向我的后脑勺。

"怎、怎么了?"我问道。

"看来你太逞强了,出现斑秃了呢。你看。"

用手指摸了摸我才知道。那是在右耳后,被头发遮住看不见的地方。我的精神压力似乎比自己想象的还要大。

洗手间镜子里的自己,眼睛下面挂着黑眼圈,跟之前简直判若两人。

超越"好朋友俱乐部"

之后的某个午后,我盯着日本地图。

与各地合作,共享项目团队的人才,通过学校对地方创业者进行培训,这些工作大大提高了项目开发效率。不知不觉中,我们已经同全国 50 多个地区进行了项目开发,学校毕业生也超过了 200 人。

佐田抱着胳膊仰望天花板。

"如果能在全国范围内找到志同道合的伙伴,项目一定更有把握。但就目前的情况来看,还是各做各的。看来必须考虑合作开发项目了。"

的确如此。大家都在各自努力做项目,但仅仅如此,也只是"好朋友俱乐部"而已。只是热闹地聚在一起不会长久[1],还需要有通过合作才能实现的共同事业。

"地区间合作听起来很好听,但仅仅如此的话,便和政府机关没有什么区别。"

我这样说着,却怎么也想不出具体的方案。我站起身,想

---

[1] 在地方获得成功,就会被邀请参加各类视察参观或演讲会,并以此结识来自不同地区的人。难得结识了其他地区的人,若只是在研讨会或酒会上聊得热火朝天,那就没有什么未来可言。有些事业需要跨越各自的地域,联合起来共同推进。只有共同努力,各地区发挥各自的作用,创造利润,地区间的合作才会长久。

出去调整下心情。

"我去透透气，冷静一下。"

我披上外套走到外面，风已经开始变凉了。

散步时，我走进了附近曾经想要改造的公园。最近，从地方的事业项目上抽不出身来想这个公园的事，不由得觉得抱歉。我孤零零地坐在秋千上思考着，鹿内的脸多次在脑海中闪过。我绝对不想输给他，也不能输给他。

想着想着，转眼间半小时就过去了。

这天和出差归来的田边约好在当地新开的酒吧喝酒。我私下里还会留意当地的人气店铺，这个习惯一直没变。

大概是因为身体已经冻透，我踏进店内，脸上热得出奇。

"抱歉、抱歉，我迟到了。"

我把上衣递给店员，刚要落座，就看到一个眼熟的女人坐在田边旁边。

"啊，晚上好。"

田边对着今天格外客气的我说：

"你怎么了？突然变得战战兢兢的。我不是说过了吗？看你很烦恼，需要找人聊聊，而我正好去了附近的小镇，就硬把她叫来了。"

是的，我想起来了。她是山崎祥惠。我去宫崎当学徒时，很受她的照顾。她比我小两岁，原本在东京一家做亚洲业务的商社工作，听说是因为父亲身体不好才回到老家的。她性格极为豪爽，平日里为所欲为的宫崎大叔们，都无法跟她叫嚣。

第8章 真正的"伙伴"是谁

"晚上好。希望没打扰到你们。濑户君,你看起来比我想象的精神多了。田边很夸张地说濑户君很焦虑,所以我一直很担心你来着,现在放心了。"

我自然没办法说,我已经焦虑到斑秃了。

"哎呀,是很焦虑啊。通过你们帮忙建立的学校,增加了很多各地的商业伙伴,但未来有些不明朗。政府的那位大叔建的免费学校也开始运作了。我是绝对不能输给那个家伙的。绝对不能。"

田边看着我笑了。

"现在要吃饭了,可别说这些丧气话了。濑户先生,你还真是个阴郁的人啊!"山崎小姐有点担心地说。

"赌上面子正面战斗,真不像濑户君的作风啊。怎么说呢?你现在的样子不是正中那位大叔的下怀吗?"

"哦?是、是吗?"

"濑户君虽然有些迟钝,但总是单纯的烦恼,然后正面面对不是吗?不在乎输赢,当然我指的是褒义上的,这点与佐田君、田边君都不同,所以才能以不同的视角看待地方事业不是吗?"

山崎这么一说,让我很吃惊。

我既不像佐田那样具备卓越的思考能力和执行力,也不像田边那样有创意,人脉也不广。有些阴郁、吊儿郎当的我太急于接近他们了。当时的鹿内不仅嘲笑了我,还嘲笑了我的伙伴,让我不知不觉迷失了自我。

"是嘛……我大概是太在意周围人了。"

我叹了口气，山崎小姐突然笑了。

"所以说为什么在这里气馁呢。在各地做事业的经营者们，谁身上都有一定的个性，其中还有很多人根本听不进别人的建议，但正因为有濑户君这样的存在，他们才能聚在一起合作。虽然看上去不太起眼，但大家都清楚你比任何人都在意家乡的事业，是真正为了家乡而奋斗啊。你应该自信一些。"

我或许被焦虑蒙蔽了双眼。

"地区间合作的真正目的是什么，我竟然忘记了自己的初心。听了山崎小姐的话，我感觉心情舒畅多了。"

好久没跟大家聊天了，聊得很开心。我依依不舍地走出店门，把山崎送到车站前的宾馆。

"今天真是谢谢你了。是我太焦虑了。我本来就没那么能干，有点太逞强了。"

"什么事都如此坦率地承认，这是濑户君你的强项吧。"

山崎小姐"噗嗤"一笑，说完，便挥着手走进昏暗的车站前唯一一家灯火通明的连锁商务酒店。我当然没有勇气邀请她再喝一杯，这一点很符合我的风格。

闪烁的路灯下，我走在没有人，也没有车的商业街上，大声喊，"加油！"远处传来了猫的叫声。

第二天，我开始重新思考。终日为与鹿内的争执和来自本地的批评而烦恼，我似乎忘了我的初心。提高地方项目的成功率，与其他地区独自奋斗的伙伴们建立合作。这才是我们本来的目的。

实际上，我去全国各地学习时，才知道大家都是在孤军奋战，即使接连遭遇失败、受到指责，也不放弃，并最终获得成功。只是这个过程往往无人知晓。我想提高地方项目的成功率，避免大家轻易申请补助金的最佳捷径，便是如实展示项目发展的真实情况，包括团队成员试错的过程。我将我的想法一点一点地形成文字。在此过程中，我慢慢意识到，如果民间持续不断地发布有用的信息，国家就会减少无用的调查委托。

我在各地合作伙伴加入的网络社区里，呼吁成立"实践者为实践者的研究所"，得到了很多响应。特别是那些原本就不屑于政府调查、发放补助金的人，最先表示参与。

"我总被要求协助各种毫无意义的调查，我觉得这很有问题，请一定让我参加。"

"无论是在美国还是欧洲，促进地方振兴的团体，一定具备咨询顾问的功能，还会负责推进与大学的共同研究①。除发展事业项目外，我们也应该为地方振兴领域的发展后出贡献。"

在大家的积极反馈中，我们决定先做两件事。

在与佐田他们的例会上，我提议：

"结合各地伙伴的意见，我想先做两件事。一是建立网络媒

---

① 在美国国家信托旗下有一个名为国家主街中心（NMSC）的大型城市中心振兴组织。他们召集各地的经营者，设立高级区域经理，构建基金等金融系统，还会为了政策的制定而开展大量的研究项目。不仅如此，在美国，还能看到活跃在各地振兴事业中的人才走上政治舞台。此外，欧洲有一个引领城市中心区域振兴、名为 ATCM 的团体，他们也与各大学共同研究项目，分析城市中心经济走势及振兴项目的情况，甚至还与美国的 NMSC 合作，制定了管理城市中心区域所需的征税制度。

体，专门用于分享各地方成功案例的发展历程。因为仅是模仿成功案例没有任何意义，但从其获得成功的历程中却可以受到很多启发。二是以网络媒体上广受好评的案例为基础，出版系列丛书。这两项马上就可以着手做，而且几乎无须成本。学校以外，我还想建立其他机制助力地方事业项目的发展。"

田边最先表示赞成。

"濑户先生，你回到家乡后做的事一直都有记录吧，此前还把去各地考察时的所见所闻发布在了网上，大家都很感激。你擅长这些，我支持你的想法。"

"是啊。虽然我不太擅长在众人面前讲话，但一直以来把自己的感受和想法总结成文章，倒是比较擅长。"

佐田也笑着表示赞同。

"濑户说话很无聊，但写的文章非常通俗易懂，这个点子不错。"

佐田虽然能说会道，却不擅长整理资料。从一开始我就会将佐田的话整理下来，所以他很认可我的文书撰写能力。但即便这样，他说得也太不客气了。

"说我无聊未免太过分了……不过说真的，这个新项目，若是以现在的团队去做，最后还是会成为我们的项目。所以，大家一起出钱，跨地区重新建立团队比较好。即使失败了，既不会影响到我们在本地的项目，也不会影响到其他地区。我觉得与各地的项目团队区分开，重新建立另一层面的团队很重要。"

听到这里，佐田也认真地回答。

"好主意。将它商业化吧。通过案例分享获得的收益，分给提供案例的合作伙伴，然后进一步完善工作流程。我不太懂网络媒体建设，这方面你和田边谈吧，好好干。"

"嗯，好的。我们会通过收费机制实现盈利的，毕竟信息不是免费的①。我们要将目前为止免费做的事都变为利润，再将这部分利润回馈给地方。田边君，我们去那边谈谈吧。"

田边很快就制定出了和线上培训一样的明码标价的模式。将项目一线成员辛苦制作的资料，发布到网上，就可以实现商业化。内容也比使用税金、糊弄的调查有用得多。

田边说道："我们的目标是将地方项目的案例分享商业化。先讨论网络媒体的建设，召集有意分享案例的地区，再设立法人吧。"

就这样，我们朝着这个目标正式开始行动了。

与此同时，原本说要一起做的合作伙伴突然说不想参与了。

"我们承接了政府的调研项目，他们问是否认识你们，我们回答说是，结果对方的态度一下子就冷淡了下来。各种审查也变得严格起来，弄得我们很为难，大概是因为我们跟你们有牵连吧。所以这次的项目我们就不参与了。他们说你们是哈梅林

---

① 很多人会向我们免费索要资料等信息，还有的以互通信息为由，要我们抽出时间与其交流。但是，制作资料需要花费巨大精力，需要自己调查、实践。因此，想要免费获得这些资料、信息的想法从根本上是错误的。能够免费听到的都是无足轻重的信息，如果依靠这些信息来考虑项目和对策，很可能失败。只有通过自己实践或支付了相应报酬获得的信息，才会成为事业的助推器。

的花衣吹笛人①。"

在各地开展事业的伙伴中，也有接受鹿内所在部门委托的人。我们团队因为佐田的坚持和我的失败经验，所以不接受任何政府部门的委托，但并不能要求所有合作地区都步调一致。

我深受打击。

比起被人指指点点，更让我受打击的是，我所认为的伙伴中，竟有人不相信我们而相信了那帮人。

"有时连我自己都不知道什么是对的了。"我对佐田吐槽。

但佐田每次都完全不在意。

"那家伙说出这样的话，完全不意外。不过话说回来，就算濑户是吹笛人，我们也要结伴同行啊。"

说完，便一如既往地大笑起来。

"这不是好笑的事。如果一直这样分裂下去，我们的项目就没法做了……"

看到我严肃的表情，佐田突然一本正经地、滔滔不绝地说起来。

"喂，濑户，你好好听着。在严峻的形势下，今后还会有中途退出的家伙。不过不用那么在意。虽然自己投资、一决胜负的人经常被其他人当成傻瓜，不过正是这些不会被打倒、努力

---

① 哈梅林的花衣吹笛人是德国传说，吹笛人在饱受鼠灾烦恼的地方吹笛吸引老鼠，并把它们引到河边淹死。吹笛人消灭了老鼠却没有得到报酬，所以很生气，便用笛子把镇上的孩子们带出去，一去不回。因为这样的结局，所以常常用于比喻"在周围徘徊，瘟神般的存在"。

奋斗的先祖们建立了这座城市①。你之前还说再不会被这些所蒙蔽了，怎么又动摇起来了？放宽心态，不管是批评还是称赞，总好过被无视。"

听到这里，我无言以对。

"……佐田，你也有些太习以为常了。"

佐田的坚强在这种时候真的是救命稻草。哭诉也没用。我们会毫不犹豫地和伙伴们一起，继续投资当地的事业，在地区合作上坚持自己的立场。因为只有前方，才有我们的未来。

---

① 没有仅靠扶持就能繁荣起来的地方。出身于日本冈山县仓敷市、名为大原孙三郎的实业家，通过自己的努力创办了可乐丽等大企业，还建设了当地市民至今仍常去的医院，并开设了日本第一家汇集西洋现代艺术作品的大原美术馆。与此相对，依靠国家预算进行改造的城市，一旦改造结束就会走向衰退；致力于招商引资的地区，如果企业升级而关闭工厂，便无计可施。依赖他人的事业难以长久，更无法自如地应对变化。城市都是在当地人自发的不懈努力下，历经数十年发展而成。

资金不在政府，而在当地

变得贪婪，被背叛，被批评，失去伙伴。我曾因这些而动摇过，但如果就此改变我们的方针，就失去了自主创业的意义。我们的优势是，始终以项目为基础改变地方。为了回归初心，我们不仅要汇集地方信息并进行报道，还需要建立稳固各地事业项目的机制。

为了促使各地的项目团队进行合作，除了"案例分享"和"项目扶持"，我们还可以做些什么呢？我们在网络上发起了讨论。经过一番激烈的讨论，大家决定不在线上，而是线下聚在一起进行交流。

"只是花点儿旅费聚在一起未免可惜了这个机会。难得让大家做案例报告，就收取参加费吧。"

佐田提出了极具个人风格的提议。

田边也附和道："只是单纯的研讨会太无趣了。还是作为峰会举办吧。现场得出结论，半年内将其实现。主题上也标明峰会而不是研讨会。"

我也赞成这个提议。

"这样一来，就是正式的会议了，大家也更愿意从各地来参加吧。如果千里迢迢过来只是聚在一起喝酒，难免在各自的地区造成不好的影响。"

第8章 真正的"伙伴"是谁

佐田大声笑着,竖起食指。

"好,决定了。就以峰会的形式举办吧。贯彻我们一贯的风格,好好赚钱吧。"

我在网上和大家就会议的主题进行了讨论,最终确定为"地方创新峰会"。尽管参加费用设定在1万日元左右,但报名一开始马上就有超过200人报名。

会场选择了由我们的合作伙伴运营的、位于东京都千代田区的艺术中心,这家艺术中心由废弃学校改造而成。废弃学校改造再利用并不稀奇,但大多是由地方政府出预算委托运营的。但这里却吸引了咖啡馆和办公室入驻,让废弃的学校变身艺术中心起死回生。废弃学校的改造再利用,也可以发挥民间智慧,通过反向营销来实现。

峰会当天。佐田看到会场的样子,高兴地跟我打招呼。

"大家都很有干劲儿啊。果然'峰会'这个主题是正确的。"

"真是呀。估计今天也能痛快地喝一顿呢。"

会场上,在各地的案例报告后,大家就合作项目展开了热烈的讨论。这时,宫崎的南先生站了起来进行提案。

"无论多大的城市,真正下决心要做事业的成员只有3人左右。目前为止,各地都是各自努力开展项目,但这样项目很难壮大。我认为可以建立机制,筹集资金,将各地的利润放到一起持续投资地方项目。也就是说,大家共同创立一家公司。"

佐田立刻回应说:

"那么,我们就把之前试运营的学校业务扩充一下,移交给共同创立的公司，然后再将其收益，投资到各地的新项目中。"

就这样，我们决定共同出资成立公司。开展学校建设、案例分享以及各地项目投资业务，接下来要做什么呢？

山守的能登先生发言道：

"我们也在考虑将目前的事业扩大至全国各地，所以想参与到学校项目中去，面向前来咨询的人建立培训机制。如果可以，还想让新公司建立能够解决新项目资金问题的机制。每次要开展新项目时，我们都得去银行进行新项目说明，费心费力。"

这或许是个好主意。

"把时间花在说服不熟悉新项目的银行上太可惜了。如果能自己融资的话，利息也可以用于投资其他。"

田边也附和道：

"有一个叫作社区银行①的组织，地方项目需要资金时可以从本地人那里融资。在全国范围内联合建立一个这样的贷款机制或许也不错啊。可以在各地扩大我们的事业，同时偿还也有保证。"

"这个想法有点意思。也就是把赚到的钱继续投资到彼此项目上，类似于'五常讲'的模式对吧。"

我也用最近学到的知识回应道。

---

① 日本各地出现了与现有的银行、信用金库和信用机构不同的"社区银行"，将本地人的资金投资融资给对当地发展有利的企业或NPO。社区银行通常隶属于从事贷款行业的组织机构。很多人认为与其把钱存在银行或是投资海外不了解的项目，不如将钱用于对当地有利的项目中。

江户时代的二宫尊德①建立了名为"五常讲"的机制，受其影响，超过600个村庄得以振兴。所谓"五常讲"是指村民们共同拿出资金，贷款给开垦新田的人。贷款人还款结束后，需要多拿出几个月的钱放入共同资金中，贷款给下一个需要资金的人。通过复利，共同资金逐渐壮大，演变成我们现在所说的"基金"，为地方振兴事业和基础设施建设提供支持。

资金不在政府，而在当地。如果大家都把在地方银行中沉睡的存款中的一部分用于投资，城市就会发生巨大变化。我们决定先从自身做起。

最终，合作项目围绕四个主题展开。一是为了在其他地区开发项目而开展的"人才培养"，二是就各地项目的开展过程进行"案例分享"，三是将各地取得成果的项目向其他地区"横向发展"，四是为筹集地方项目所需的资金进行投资和融资。

首先由主要参与的15座城市的合作伙伴共同出资成立公司。在融资贷款方面，会议决定将社区银行的从业者纳入进来，单独设立法人机构，就此峰会圆满结束。

结束后的聚餐气氛如预料之中十分热烈。

"那么各位……不需要说客套话了吧。干杯。"

---

① 二宫尊德，通称金次郎。日本很多小学都摆放着其背负柴火看书的雕像。在灾难中失去双亲的他，很小便开始自己创业。背着柴火的经典形象并非受人胁迫，而是自己主动将柴火拿到城里变卖。他晚年将用于地方经济发展的"报德仕法"和财政政策结构体系化。从北关东到北海道的定居者们将其做法作为参考，使超过600个村庄得以振兴。明治维新以后，他的功绩闻名于世，日本全国小学也纷纷开始摆放其雕像。

今天的参会人员都是在各地创业的人,大家畅所欲言,聊得十分起劲。比起白天的峰会,晚上的"峰会"更有热度。

酒过三巡,不知是谁突然说:

"濑户君真有勇气辞掉工作在老家创业啊。"

"不,我一开始只是打算处理老家店铺来着。我当初离开家的时候,根本没想到有一天会以这种方式回来。高中时期的升学指导老师说,'留在家乡是找不到工作的',所以我就去了东京读大学,并留在那里工作。回到家乡,刚跟佐田一起做事的时候,佐田说过'你去东京,到底学会什么了',这句话让我深受打击。"

佐田一只手搭在我肩上,另一只手举着酒杯,一如既往轻松地笑着。"我说过那种话吗?哈哈哈哈!"

"这样想来,我觉得也应该让地方的初高中生也参与到我们的事业中。大人们觉得地方不行,没有未来,什么事都做不成的话,也会把这些话说给孩子们听。虽然在地方有很多困难,不过还是有很多事可以做的。当然,暂时离开当地也能学到很多东西。就像濑户,在东京学到的细致的文本制作能力,就偶——尔能派上用场。人概10万年1次吧,非常偶——尔。"

能登先生马上跟着附和,"不不不,没有濑户君,我们就不能像今天这样聚在一起。虽然大家有什么事都会积极响应,但不会想着举办这样一个正式的会议。"

"谢谢您的肯定。佐田净说些好听的,结果到头来麻烦事都得我来做。"我回应道。

佐田避开我愤恨的眼神,以一贯的语气说:

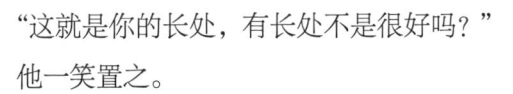

"这就是你的长处,有长处不是很好吗?"

他一笑置之。

真是拿他没办法。我略感无奈地把视线转回到能登先生身上。

"不过,正如能登先生所说。我们一直很重视面向成人的培训教育,但其实也应该考虑一下能为当地的中小学生和高中生做些什么,也就是为下一代考虑。"

能登先生用力点头。

"我们当地的林业高中已经关闭,被当地的普通高中合并了。当然原本的林业高中也有问题,不过,全都变为普通高中的话,当地特色产业的发展道路就会变得越来越窄[①]。以成绩论英雄的教育,缺乏多样性,真是可惜了。即使是在地方出生的孩子,也有很多觉得在当地做不了什么而背井离乡去东京的。说到底,都是因为大人们先放弃了地方。"

佐田抱着胳膊陷入了沉思。

"那就只能顺应现在的时代,建立学校了。教育行业也是,比起整日面对大叔老头,还是面对有着大好前程的年轻人,更有干劲儿啊。而且,真实的'一线'才是最好的学习场所。以后多多纳入年轻人参与到我们的事业中吧。新的合作公司,也

---

① 过去,地方有农林水产业、食品加工业、服务业等多种产业。但是,无论哪个地区,产业都在萎缩,职业高中逐渐消失,只剩下普通高中,结果造成人员外流。人员流失,各产业的教育也没有与时俱进,导致地方产业进一步衰退。无论是农林水产业,还是服务行业从业人员的培养,都需要建立符合时代需求的机制,即进行相关教育,提供在当地实践的机会,才能留住人才。

必须招聘各地的年轻人。我们已经是优秀的大叔啦。"

回过神来，发现我不知什么时候站了起来。正因为自己曾经去过东京，所以很清楚。无论是大人还是孩子，大多数人都认为地方没有未来。

"这个提议好啊。通过实际工作让年轻人达到学习的目的，并以建立学校为最终目标。太有趣了。"

"那么，就由濑户负责吧。"佐田顺势说道。

"啊？"

我知道这不是一件容易的事。但像年轻时的自己那样，没有目标便奔向东京的潮流，必须改变。

"……嗯，知道了。我来做！"

在"噢"的一阵欢呼声过后，会场被掌声所包围。

事情由出头者负责。我想为现在的年轻人建立一种机制，让他们能更早意识到沉睡于家乡的机会。

"下次峰会在宫崎！"

另一张桌子上，南先生喝得烂醉如泥，喘着粗气大声说道。虽然成员们都个性鲜明，但行动力与耐力却是毋庸置疑的。

一个晚上，决定了很多事情。这和我以前所在的公司完全不同，以前的公司都是"日后商讨"。那天晚上，我切身体会到，只要将决策者们召集在一起，就能迅速做出决定。

报纸和电视也对峰会的共同宣言进行了大幅报道，进一步推进了接下来的实施。新公司在全国地区募集了 1245 万日元的

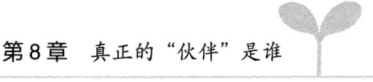

资金。学校项目移交至新公司，案例分享项目则由田边负责。

"我正发愁第一个特辑该做什么好呢……"我们一起吃午饭时，田边抱怨道。

佐田接话道："对了，前几天的峰会之夜，各地的成员都在讨论那些荒唐的失败案例。虽然成功案例到处都有报道，但各地发生的失败案例却没人总结啊。"

田边捧腹大笑。

"不愧是佐田先生！失败案例集啊。各地一定会马上传来很多案例。"

"谁都会失败，但不能反复失败，更糟糕的是将失败当作没有发生过。地方项目就总是重复同样的失败。"

我也想起了在各地考察时的事。

"大家都说着同样的话，投入大量税金的项目都失败了，我们一点一滴积累起来的成果是否真的有意义？与城市的规模极不相称的大型开发项目，就像是'墓碑'一样拔地而起，成为城市的致命伤。每当傍晚看到都很感伤……"

佐田灵光一闪，指着田边。

"就是这个！特辑的名字定下来了，就叫"墓碑特辑"。田边，拜托你了。"

就这样，最初的特辑被定为"墓碑特辑"，内容是各地创业者们报告的失败案例。从北海道到九州的众多失败案例中挑选而出。根据当时的议会资料和当地曾将其作为成功案例进行的相关报道，分析最初开发的理由以及最后失败的原因。

墓碑特辑从发布之日起就受到了超乎想象的巨大反响，各地团队甚至开始担心发布这样的特辑是否真的妥当。虽然有批评说"这是鞭笞死者的行为",但我们考虑到这是为了避免今后重复失败而制作的资料,因此没有停止公开。

几周后,办公室突然接到咨询电话。因为田边不在,电话便转给了我。

"濑户先生,关于前几天发布的墓碑特辑,有人打来电话想详细了解一下。"

"嗯?墓碑特辑?是哪家报社?"

"不是报社,对方说是财务省的人……但我也不太清楚。"

我有些吃惊。

"我来接吧。"

我深吸了一口气,拿起听筒。

"您好,负责人不在座位上。我是代理人濑户……"

"我是财务省主计局的西。我拜读了您那边发布的全国失败案例特辑。有些事想请教一下,您方便吗?"

"嗯,方便……"

出乎意料的来电,让我感到一丝不安。

他人的钱无法成为驱动力

接到财务省电话一周后,身着深色西装的三个人来到了我们办公室。

打电话的是个瘦弱的小个子男人。他旁边的男人名片上写着"主查",应该是打电话来的男人的上司。他体格魁梧,看起来像是运动健将,声音洪亮。另一个几乎不说话,好像是秘书。

闲聊了几句后,那个身材魁梧的男人先开口了。

"我们以为所有的地方预算,都得到了很好的利用。但是,未免有些太惨烈了。只是失败还好些,没想到预算本身会成为民间创业者的'绊脚石',还有那些利用预算开发的设施,因为维护费太高竟成了地方政府的负担。各省厅的那些人,总说预算取得了成果,报喜不报忧啊。是吧,我说的没错吧。"

征求部下的同意似乎是他的习惯,每次转过身,部下都会点头附和,然后再继续谈话。

"你们不好好进行实际调查,才会对预算的浪费听之任之。对吧。要好好询问具体案例,这样才能对审核有所帮助。"

身材矮小的男人紧张地问道。

"是、是的。对了,还有其他浪费预算的案例吗?"

原来他们是为了参考地方振兴预算的使用是否合理而来的。对于失败案例,当事人不会主动发布,所以他们看中了我们发布的报告。

被称为紧凑型示范城市①的青森县青森市，将图书馆和商业设施结合起来，建设了名为"AUGA"的综合设施。从建设当初起算，花费了超过 200 亿日元的预算，但实际经营却在数年内陷入赤字状态，最终宣告破产。受此影响，市政厅和地区金融机关也陷入混乱，甚至更换了两届市长，现在仍在削减议员和政府职员的工资。

冈山县津山市将音乐厅和商业设施相结合，建成了综合设施 ALNE-TSUYAMA。当其陷入经营危机时，地方政府为了挽救，买下其中一部分，就此引发了当地接连不断的抗议，市长也因此下了台。时至今日，当地经济界人士仍会半开玩笑地说，"我叫没用的津山。"

此外，推行六次产业化②的山梨县南阿尔卑斯山市，建设了"南阿尔卑斯山自然熟果园"，用于提供当地自然熟的水果。但果园经营计划造假，使得开业后短短三个月便因资金周转恶化而陷入经营困境，不到一年便宣告破产，果子成熟前果园便消失了。

还有从东京到地方的移居者计划，国家拨款给地方政府用

---

① 高密度开发、土地混合使用的城市形态。主张人们居住在更靠近工作地点和日常生活所必需的服务设施的地方，是一种基于土地资源高效利用和城市精致发展的新思维。——译者注

② 农业和水产业等第一产业为了获得利润，将业务扩展到加工（第二产业）和销售（第三产业），进行的垂直综合型经营被称为六次产业。近年来，日本全国各地都在努力推行，但几乎都是依靠补贴，进行相似的项目开发，成果甚微。原因在于开发与销售脱节，未吸纳营销人才，导致项目刚成型便宣告结束。

第8章 真正的"伙伴"是谁

于吸引人才回到当地从事农业、渔业等地方产业,但实际情况是拨款一旦用完,移居者就会被赶走,因为他们既没有耕地也没有渔业权。此外,还有项目打着地方振兴的旗号,在地方酿造葡萄酒,却因为制作工艺不过关,酿造出的葡萄酒难以下咽,导致库存堆积如山。失败案例不胜枚举。而这些都是国家认定、支持的项目。此外,墓碑特辑中还广泛介绍了现有项目中,预算分配和实施情况达不到标准的案例,以及没有预算自主创业成功的案例等。

我并不是想指出税金被白白浪费了。我只是想说,在一点一滴努力积累成果的我们眼前,投入数十亿日元、数百亿日元的庞大项目一旦失败,我们的战斗意志也会被一点点磨灭。

"哎呀,真过分呀。你看,必须要好好审核你负责的预算。先暂且全部中断吧。呵呵呵呵。"

没想到超乎想象的巨额预算,竟然可以以如此轻率的语气来决定,我的心情无比复杂。就是如此轻率的预算让我卷入了毫无意义的地方活动中,还让我因为贪念而吃了好几次苦头,想到这里,我不免有些恼火。

我想尽快结束访谈,便试着挖苦了几句。

"从各地收到的案例基本就是这些了……无用的预算对地方来说,就相当于毒品一样的存在①,所以还恳请各位今后能够认

---

① 很多人起初申请补助金,都是物尽其用的心态。但有了补助金,项目计划就会变得草率,不久便会陷入离开补助金就无法推进项目的状况,只能申请更高额的补助金。所以,从依赖性和耐受性这一点来看,补助金与毒品具有相同性质。

真审核。培训学校也是如此，我们可以做，所以国家没有必要特意拿出预算去做，而且听说都是外包，所以也没见到各地有什么成果。还请好好调查下实际情况。"

体格健壮的男人没有察觉到我的意图，轻松地笑了。

"濑户先生说得好。喂，你好好记下来。无用的预算是'毒品'。说得没错啊。这对我们好好审核预算大有帮助。以后再有什么信息的话，请联络我吧。"

最后，一旁的田边也没有忘记营销。

"也请财务省订阅我们的电子杂志看一看。不必特意跑一趟，那里随时有新的报道。"

访谈结束后，三人大步流星地走了。虽然还不太确定，但地方预算的审核机制似乎比我们想象的要更随意一些。

我不禁感到无奈。

我靠在桌边的椅子上，无意间看向窗外。慢慢沉入山间的夕阳今天也很美。

之后的某天早上，我一起床便在电脑前呆呆地查看每天必看的新闻，突然有一篇报道映入眼帘，顿时让我困意全无。

"政府将大幅修改地方相关预算。"

主要媒体一起详细报道了具体情况。

制定的目标一直没有达成，日本政府终于开始行动了。需要重新审核的项目竟然都是鹿内企划的。我很震惊，马上给佐田打了电话。

"哦，是濑户啊，一大早怎么了？不像你的作风啊。"

"佐田,鹿内策划的项目和地方预算好像要重新审核了。"

"啊?怎么回事?"

"我没跟你说。田边策划的失败案例集,被财务省的人看到了,他们还特意来我们办公室听取了详细情况。于是我跟他们说了政府预算下的失败案例和民间不用预算获得成功的案例。他们听后,说会作为参考,重新审核预算。他们好像是动真格的。"

"哦,原来还有这种事啊。不过话说回来,这些学校都是抄袭了民间项目,白白浪费税金,又拿不出成果,所以被砍掉预算也是理所当然的。真想看看鹿内那家伙现在怎么样了。"

"我觉得他不是那种会消沉的人,一定会圆滑地处理好这些事,再去想办法拿别的预算。我很期待下次再见到他,他会是什么表情。"

"我觉得他的表情一定像呆住的猴子一样。"

我们在电话里大笑着。对于地方来说,如果像毒品一样的预算哪怕减少一点点,大家也不会想着去"要钱",而是去"赚钱"。没有哪个发达地区或国家的人会优先考虑向政府部门要钱,而不是从客户那里赚钱。这就是我们得出的结论。

"我们只专注于事业。各地的项目正顺利地向其他地区拓展,培训学校的毕业生也已经创立了50多个项目。说到底,决策错误的政府和我们在速度上已是霄壤之别①。对了,还有件事

---

① 认真的人做事前会制订计划,只做能够在一定程度上预测结果,或者曾有先例证明确实有效的事情。但地方事业却只能独自思考、在前景不明朗的状态下开始,不断调整方向,并最终完成,如此才能理解整个过程。这样的地方事业不仅能解决地方的诸多课题,还能创造出意想不到的新价值。

我要跟你说。我们买下废弃学校吧。"

话题突然转变,让我的手机差点掉下来。

"啊?"

"听说这次市内的小学要合并,变成小初一贯制学校。你看新闻了吧?听说有好几所学校要关闭出售。你不是在峰会上接下任务了吗?本地的培训教育项目。"

"虽然说要做培训教育项目,但应该没有说要买废弃学校……"

"时间都是有限的。能做的不仅要做,还要好好做。"

"我也打算好好干,不过学校一般都很大,光靠培训项目肯定得不到充分利用。"

我虽然很欣赏佐田的果断,但如果是买废弃学校就另当别论了。规模太大了。

"说什么呢。买学校可不仅为了培训项目。到时候还可以用作线上培训的录制场地,也可以将我们的办公室搬过去,现在的办公室有些太小了。另外,其他地区来的伙伴还可以在那里联合办公。不过话说回来,地方政府明明知道人口减少,那座学校早晚有一天会停办,还是在几年前对其进行了重建[①],现在又废弃,放在那里不管了,真是太难以置信了。我们就以培训教育为主,开开心心地将其重新利用起来,向世人展示废弃学

---

① 尽管由于人口减少,学校停办已成定局,但仍有很多地方不断地重建校舍。重建校舍等硬件设施,资金投入大,运营负担也相对较重。现在应该探索利用网络通信技术,仅靠寥寥数人便能运营的公立自由学校和网络学校的新形态。

第8章 真正的"伙伴"是谁

校也可以盈利吧。细节我们明天再商量。"

不开心就坚持不下去,没有资金也坚持不下去。而且,每个人都会老去,所以为了坚持下去,就必须让下一代参与其中。因此,培训教育事业是有努力的意义的。虽然有些担心,但或许正如佐田所说,机会来的时候,便是下定决心坚持到底的时候吧。

"好,加油吧。"

我说给自己打气,起身走出了办公室。

街道上回响着有些刺耳的蝉鸣。

时间过得很快。在一心一意埋头于事业的时候,下一个夏天到来了,紧接着秋天的脚步声也越来越近。阳光变得柔和,蝉鸣声也一天比一天小了。

"对了,昨天收到了由报社举办的地方事业奖颁奖典礼的邀请函,那个家伙也被邀请了。好久没见到他了,真的很好奇他现在是什么样。"

佐田的话提醒了我。

"啊,那家伙。你是说鹿内吧。我根本没在意。"

"从那之后已经两年了。那家伙做的事情都只是用钞票驱动的,一旦没有了钞票一切也就结束了。本想出人头地,但最终却被发配到一个外围的小机构去了。不过我们还是得让他当面道歉。"

"事到如今我已经无所谓了。不过,他能在我们面前露脸吗?"

颁奖典礼当天。佐田瞪大了眼睛寻找着鹿内的身影。不愧是佐田，对于胜负异常执着。

会场上的小组会议是分开的，但最后的聚餐应该在一起。可还是不见鹿内的身影。

"那家伙跑了吧。"

佐田走出会场四处寻找，我慌忙追上去。恰好碰到鹿内在大厅正准备将名牌还给前台。佐田跑着追上去。

"喂，鹿内，你去哪儿？"

佐田挡在急于离开的鹿内面前。我追了上去，形成了前后夹击的架势。

"你、你们要干吗？"

"要干吗？你怎么像慌忙逃跑一样？两年前我就说过，如果项目成果不如我们，你就道歉。现在想逃了？"

佐田步步紧逼。

"我们在这两年，通过培训学校在全国开展了80个项目，共同出资成立公司，建立了机制将各地区的项目向其他地区拓展。"

"你呢？你做了什么？"

"没、没必要告诉你们，我很忙。"

佐田用刻薄的声音说："如果你没有作出比我们更好的成绩，那就道歉吧。你以前不是看不起别人和地方吗？现在却说什么忙。你是不是该好好反省一下？"

佐田气势汹汹地说道。会场里的人都凑过来看热闹，把我

第 8 章 真正的"伙伴"是谁

们团团围住。鹿内无路可逃,只好小声说。

"……对不起。"

"哼,连一个道歉都不能好好说,还装作一副了不起的样子。你应该练习练习如何大声道歉。不是把钞票拍到别人脸上,别人就会干活儿。况且你拿的还是别人的钱。像你这种自以为了不起的人发放的补助金,对地方来说就像是肿瘤一样的存在。这一点你好好记住了。"

"你曾经嘲笑的是这些背负风险、如履薄冰也努力养家糊口、一点一滴积累成果的人。不仅向我们,你还要向大家好好道歉!"

鹿内低着头,紧紧握着手,本来就瘦小的身体缩得更小了。

"……对不起……"

我替他感到悲哀。对上谄媚,对下强势的人的下场太悲惨了。

"我想我们不会再见面了。多保重吧。"

为了平息众怒,佐田说了句违心的话,然后向我使了个眼色,我们便离开了。

走出会场,我们走进小巷里的酒吧,又喝了起来。

"我还以为心情会好一些呢,其实不然……"我对佐田说。

佐田嗤笑着,半带生气地说:"唉,大概是因为做了没必要的事吧。其实我也只是想喷那家伙一句而已。狗改不了吃屎。就算预算被削减了,他肯定还会以别的什么名义再申请吧。我们做好自己的事就行了。"

佐田摇着玻璃杯里的冰块，表情微妙。

我们在和什么战斗呢？是傲慢的官员？是补助金？是地方政府？是本地的反对派？还是自己的私欲？不，恐怕都不是。

经历漫长岁月形成的庞大体制①中，我们能做的只是认真地完成被赋予的工作和职责。但是，为了让地方在新时代中得以发展，我们必须通过"盈利"来对抗这个坚固的体制。

阻挡在眼前的墙，光靠自己很难推倒。即便如此，我们也只能老老实实地拓展事业，一个一个地增加有共鸣的伙伴。而且，这些事越做越顺手。没有翻越不了的墙，就像没有一个黑夜不会迎来黎明。

---

① 在地方创业，会与当地各种组织或人产生对立关系。但是，与其说谁是坏人，不如说一直存续下来的社会体制不符合当今时代。身处其中想要取得成果，就需要改变这些人以往的做法，因此导致对立。如果将焦点放在"对立原因"上，就能找出当今日本社会的病灶，找到解决问题的方法。

> 专栏 8-1

何时应做出不讨喜的决断

在地方开展事业的过程中，会遇到必须做出决断的时刻。比如此前一起工作的同伴，如果在今后的目标方向上存有差异，应该开诚布公地进行讨论。有时甚至需要一方退出，或者与违反团队准则的同伴分道扬镳。

我高中时期参与早稻田商店会活动时曾发生过一件事。当时和我一起推进工作的大叔，不知何时开始以自己公司的名义接受委托，而不是为整个组织盈利。虽然当时我是高中生，但对他的所作所为深感不满，于是向组织负责人反映，"如果默许他那样做，会给整个组织带来恶劣影响，还是让他退出比较好。"但对方却说，"我们不能砸别人的饭碗。那位大叔只能以那样的方式赚钱，如果我们横加干涉，他就做不下去了。"但是，后来那位大叔做起了诈取各地补助金项目的行当，多次引发纠纷，甚至连合作公司都遭到了投诉。这件事给我的教训是，无论周围人怎么说，对于应尽早斩断关系的人不能手下留情。

另外，处理这类关系时，如果因为难以启齿而含糊其词，则难以达到效果。比如，当地政府领导表示"需要支持，请一定告诉我"时，明确回答"我们不需要补助金之类的支持，但随时欢迎您光临"，有可能让对方颜面无存，但事实就是事实，必须直截了当地表达。

不过分在意别人对自己的评价，即使不讨喜也在必要时做出决断，明确表明态度。"八面玲珑"很难有未来可言。

> 专栏 8-2

忍耐孤独，结交各地志同道合的伙伴

地方振兴领域可以说是官权强大的领域。像本书中的人物——佐田那样始终保持独立自尊、坚持自己开辟事业的人并不多。尤其在事业起伏不定、内心彷徨不安时，像濑户那样接受政府预算项目，结果无法回归自主创业的情况屡见不鲜。

不期待回收成本，只需按照计划推进项目，从短期来看，这种经营方式很有魅力。毛利率20%左右的普通销售行业，想要创造出100万日元的毛利，就需要500万日元的销售额。如果是客单价2500日元的店，就必须招揽2000名顾客。但是，如果能拿到500万日元的政府预算来举办商业活动，就可以完全不考虑客单价，只要吸引人前来便万事大吉。即使支付人工费，因为不会产生库存问题，也比较划算。

但残酷的事实是，无法让自家公司实现盈利，就无法为地方创造新的收益，更无法扭转地方整体赤字的状态。利用预算举办一次性的商业活动，即使短暂盈利，也不会促进地方发展。

助力地方振兴的创业者，必须同时具备着眼于地方整体的"广阔视野"和使具体项目盈利的"聚焦视野"。但创业过程中，往往难以得到多数人的理解。改变地方的民间企业，特别是带头人，本质上是孤独的。

正因如此，我们才需要在全国各地与坚持这一点的伙伴建立联系，并保持紧迫感和不断挑战的精神。

终 章

以全新的方式做全新的事，
为了全新的人

终章　以全新的方式做全新的事，为了全新的人

再见，卷帘门大街

"那么，我宣布第十届股东大会正式开始。"

第十届"间间间株式会社"股东大会在社长的致辞下正式拉开帷幕。第十届，便意味着我回到家乡已经过了十年之久。社长……并不是佐田，而是17岁的高中生村田莲。

自从佐田决定买下废弃学校后，我们多次与市政厅就购买合同等问题进行协商。当时竭力帮助我们的，竟然是曾经在预算项目上让我吃尽苦头的、我的同班同学森本。森本从政府内部的协调开始，到合同文件的整理，事无巨细地告诉我该怎么做。

"哎呀，那时候的事就让它过去吧。我们不是高中同学嘛。"

不能诚恳道歉这一点很符合森本的风格。他一开始只是半听半问，后来大概受到了领导批评，一改常态，认真地完成了与我们的对接工作。

事实上，当初的合同仅是购买校舍的"部分购买"，校园和体育馆由政府继续持有，以便对当地居民开放。如果没有森本，政府就只会向我们出售校舍部分，因为没有包含由外进入校舍的道路，所以需要我们自己铺设。幸亏森本事先注意到这个问题，并与相关科室进行了沟通，我们才顺利买下了校舍及包含道路的校园的一部分。

"哎呀，真没想到那家伙会有派上用场的一天。"佐田笑着说。

后来我们才知道，森本在政府机关内夸口说，"我是本地第一个向民营企业出售公共资产的人。"常言道，江山易改，本性难移。人的本性并不是那么容易改变的。

原本想要购入废弃学校，都是缘于峰会之后开始的教育企划。我们以 10~15 岁的孩子为主要对象，让他们利用周末和暑期时间销售并进一步改善自己制作的商品，以掌握经营相关的知识。这个企划从一开始便收到了大量咨询，最终大获成功。

"真没想到会有这么多人说想参加。"我不禁感叹。

田边打开电脑，好像早就预见到了似的，说了起来。

"当今日本，据说有 9 成的家庭都是公司职员或公务员。而 1955 年的时候，有一半的家庭都是个体户或从事与此相关的工作[①]。这么大的变化让大家感到不安吧。因为就算好好上学，好好工作，很多时候也得不到相应的回报。"

佐田也表示赞同。

"是啊。我们那时候班级里还有几个自己开店的人，最近问了朋友的孩子，说是班级里一个开店的人都没有。因为现在几乎没有家长能教孩子如何赚钱。"

在组织机构中工作，每月定期领工资，就很少能看到金钱

---

① 社会上所谓的常识，大多只是一个时期的趋势。工作方式便是如此。二战前，几乎所有日本企业都不存在终身雇佣制度，个体户更是普遍存在。尤其是社会发生巨变的时代，工作方式也会随之发生动态变化，从而适应新的社会。因此，在地方不能拘泥于过去，重要的是要尽快找到合适的工作方式和生活方式。

终章 以全新的方式做全新的事，为了全新的人

的流动。靠自己销售商品或提供服务来赚取报酬、维持生计的真实感受自然也会降低。隶属于组织机构，作为社会大结构中的一员发挥作用固然重要，但对地方来说，在更小的结构内直接感受经济、理解经营更为重要。抱着这样的想法，我们开始策划本地的青少年创业项目。

当项目开始3年左右，参加的青少年达到300名的时候，出现了一个超乎我们想象的14岁的孩子。他就是村田。刚开始他做的是普通的本地商品销售，在16岁时带领5人团队创造了历史最高业绩。

他推出的是以周边居民为客户对象的代理洗衣服务。放学后，他会到会员家上门收集脏衣物，第二天再将洗好的衣服送去，然后再收下一件衣物，如此循环。团队成员按会员和日期进行分组，取得了不错的成效。

他们一开始是骑自行车送到稍微远一点的自助洗衣店洗衣服，但随着服务好评的增加，过多的衣物骑自行车无法送到。考虑到反复运送过于浪费时间，他主动与当地的自助洗衣店企业联系，说服其在附近开设了新店。

每天放学后都泡在办公室的村田，有一天跟我交涉。

"濑户先生，你不是说停车场有一部分闲置[①]吗？能把其中的一部分租给我们吗？"

"啊，那里吗？那倒无妨，你打算拿它做什么？"

---

① 不管是城市还是乡镇，很多闲置的土地都被用作临时停车场。结果停车场过多，造成过度竞争，很多付费停车场无法持续经营，只能关闭。在到处都是停车场的状况下，如何将其用作其他用途的智慧非常重要。

"我说服了我们合作的那家投币式洗衣店开新店,打算让他们把店开到这里。所以,我们能不能分得房租的一部分?"

也就是说,他想将我们的一小部分闲置停车场转租出去,并赚取转租利润。此外,他还向洗衣店方面提出,要在店内留有自己的办公空间兼工作场所,这让我们惊叹不已。

听到我们的对话,佐田高兴地说:

"你的商业嗅觉比濑户好啊。明年开始让村田负责公司吧。有关城市未来的事,最好由今后活得更久的人来做①。"

"你又说这种胡话。村田君也很为难吧,突然听到这种话。"

这让村田着实吃了一惊。

"嗯,请让我考虑一个晚上。停车场的事就拜托了。"

说完,村田便跑出了办公室。

第二天,村田一到办公室,便开口道:

"如果允许我按照自己的想法去做,那就请让我做吧。"

村田的附加条件是一切按照他的想法做,这一点很符合他的风格。坚定的表情表明他已经下定了决心。

一问才知道,他和父母说"想负责公司"的时候,并没有遭到想象中的反对。

"好啊,濑户也没有异议吧。濑户你把精力放在各地的合作

---

① 地方事业往往具有人才固定的倾向。但每个人都会老去。以新想法行事的曾经的年轻人,总有一天,思维也会固化。想要在当地维持事业,就要能预见符合下一个时代的项目,并将其交给下一代人。在自己的城市里,宽容地看待年轻人完成自己没有做到的事情非常重要。

终章 以全新的方式做全新的事，为了全新的人

项目上吧。我也要开始启动新项目了。"

就这样，16岁的村田当上了社长。虽然不可能简单地一下子做好，但一定会在不断试错的过程中改变当地。下一个时代的事情，由下一个时代的人决定。仔细想想，这是理所当然的事情，但当今社会几乎没有这样的先例。

在地方开展事业的另一个变化，是日积月累提高的信用。

郊外旅馆经营良好，客人还可以去附近的河边，我们在那里设置了露天座位，还建造了客房，这在日本都尚属首次。我很怀念去市政厅交涉公园改造却被拒之门外的那段时光。我把这件事告诉了厨师长柳泽先生，他高兴地说："常言道，坚持就是胜利。看来一点儿也没错。"

林业和住宅开发项目也进展顺利，川岛先生的建筑队在当地广受好评。在高绝热住宅方面，我们与建筑队合作，一边弥补其人手不足的问题，一边学习技术，增加了每年的业务量，同时利用废弃工厂，将木材加工等上游工序纳入业务范围①。最近更是兼任了因老龄化无人接手的林业工会职务，并与户外用品制造商合作建立了户外网站。还在山中种植了栗子树，提供给佐田的餐厅用于制作栗子甜品等。建筑队的发展超出了原本

---

① 在地方开展事业，重要的是着眼于整体的价值链，逐渐实现自产。最初可以从销售开始，但是中途要上升到批发、制造等上游工序，并实现商品及服务差异化的目标。最近，有很多项目都是与当地农户合作，开办使用当地蔬菜的餐厅和旅馆，从食品加工、酒的酿造到住宿服务，包括零售在内都取得了不错的成果。在服务产业方面，发挥地方独特性的同时，也要以垂直联合型的经营模式提高附加值。

的框架。

从事建筑设计的野野村,将目光放在了我们参与的旧房改造上,开始策划投资回报率极佳的软装产品。与其高冷的性格形成反差,他经营的竟然多为流行的壁纸和门窗。有一天,他突然说"我要结婚了",我着实吃了一惊,难怪大家都说,"喜好的变化皆因女人"。

此前将望月女士房产的物业成本大幅降低的种田,依然经常受到佐田驱使而愁眉苦脸。但他也开始为合作地区提供物业管理咨询服务,为各地创业公司降低成本、确保创业资金贡献了很多力量。

田边从全国的合作业务中独立出来,开始与云金融平台进行合作,此类平台的主要业务是将"面向地方项目的融资业务"和"投资人"进行匹配。不以东京为中心,通过地区间合作,也能建立起独立的金融体系。凭借天生的策划能力,田边还说服了多家大企业参与其中。

大家年龄逐渐增长,但都在做着充实的工作。我们的合作伙伴也深受影响,学习新的工作方法,圈子不断扩大。

佐田久违地打来电话,用一如既往的关西腔滔滔不绝地说:"哎呀,最近真是热得受不了。不过,我这边会卖力做业务的,你就放心吧。对了对了,最近还有很多新的动向,转告大家来这里团建吧。"

佐田正在奋斗的地方是闷热的中国台湾。他打算将我们的店铺和商品推销到亚洲各个地区。这并不是单纯的单方面地推

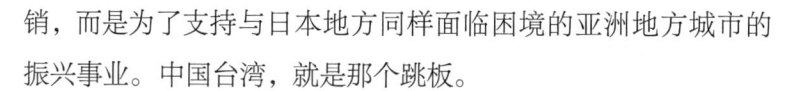

终章　以全新的方式做全新的事，为了全新的人

销，而是为了支持与日本地方同样面临困境的亚洲地方城市的振兴事业。中国台湾，就是那个跳板。

"中国台湾的县市①也热衷于补助金。很多政策甚至参考了日本，结果也都是一样。最近，日本的补助金咨询公司好像还到这边来了。"佐田说道。

"都去那边了啊……活动范围还真是广呀。"

"明明在日本一败涂地，还以补助金为噱头到处行骗。真伤脑筋。我对他们说有些日本人是骗子，要警惕，他们总是很吃惊。"佐田说道。

"很少有日本人会说不要相信日本人吧。"我们在电话里笑了。

"啊，约好的人来了，我挂了。对了对了，别忘记调整时间团建。"

"知道了。放心吧。"

电话那头传来热闹的声音，没听到回应，我便挂断了电话。佐田一定是等不及人来就先喝上了酒，借着酒劲儿打来的电话吧。

我向全国各地的合作伙伴发送了邀请他们去中国台湾团建的信息，便合上了电脑。今天我预约了当地一家老字号的日本料理店，打算和家人一起吃饭。

---

① 海外也有地方扶持政策。例如，中国台湾地区的相关部门会提供补助金支持处于不利地位的县市，并因此开发了诸多大型设施，但维护设施给地方城市造成了巨大负担，加速了地方经济的衰退。正因为与日本各地的政策课题相近，才有了合作的可能性。

"村田君也一样，不吃好吃的东西，就造不出有趣的城市。"我跟村田说。

"这是佐田先生的口头禅吧？"村田笑着回应。

"哈哈，是啊。对了，已经是吃饭时间了，村田君你也跟我们一起吧。"

"不，我去的话会打扰你们的。"

村田作为高中生来说有点自大，但却是个值得信赖的人。我说了句"跟你开玩笑呢"，便披上外套走出办公室。

我穿过这家老牌日本料理店气派的大门，拉开拉门报上名字后，便被带进了里面的单间。以前曾有一家大企业的工厂进驻当地，那时有很多接待需求，因此诞生了好几家这样的店，但现在却只剩下这家了。

我刚打开门，妻子的声音就传了过来。

"啊，总算来了。你也太晚了。"

"抱、抱歉。工作有点多。"

"别再找借口了，快坐吧。"

今天是一个月一次的家庭聚餐。而且，今天是尤为特别的一天。因为我的女儿开始吃辅食了。

母亲和岳父母也来了。而我的妻子就是以前去宫崎时遇到的，在我烦恼的时候还特意过来安慰我的山崎祥惠。

我们的"丘比特"则是高中生村田。他当上社长后的第一个改革，就是在全是男人的公司里纳入了女性董事。而这个人便是山崎祥惠。

终章 以全新的方式做全新的事,为了全新的人

一起工作的过程中,我被她的魅力所吸引,最终与她步入了婚姻的殿堂。

"我还以为淳不会结婚呢。真的,死前能看到孙女,别提有多高兴了。"母亲说道。

妻子立刻回应道:"因为淳很迟钝啊,自己什么都不说。"

家人听了都哈哈大笑。母亲一如既往地跟我毫不客气,但对孙女却十分溺爱。她戳着孙女胖嘟嘟的脸颊,看来孙子比儿子可爱这句话真是没错。

在必吃的第一道鲷鱼料理前,大家一起拍了照。平日里我经常不在家,所以由衷觉得像这样和家人一起度过的时间比什么都重要。

我刚回来时还很萧条的家乡,现在也在慢慢地发生变化。朋友们开了好几家新店,还有很受欢迎的旅馆。我自己也有幸遇到了很多人,并拥有了幸福的家庭。

商业街像过去那般繁荣了起来,卷帘门大街大概不会再重现了吧。面对新时代,能够使用新方法,与新员工一起工作的年轻人才正在行动。过去的已经过去,当每座城市都找到了开启未来的钥匙①时,卷帘门再次打开的那一天便一定会到来。我们有预感,那一天不会太远。

在地方创业很难,但坚持更难。我们挑战的价值会在 50

---

① 衰落的地区往往无法摆脱过去的荣光。但是,理想的未来既不是恢复往日的繁荣,也不是模仿其他地区,而是从自己的视角出发,在行动中逐渐确认方向。即使有时事业进展不尽如人意,也不要过于悲观,以快乐的状态保持前行最为重要。

年、100 年后揭晓。正因如此,才要不断挑战。

"加油吧。"

我用谁也听不见的声音喃喃自语,仿佛在回味着现在的时光。透过窗户看到的街景①,确实与当初不同,明亮而富有魅力。

---

① 即使是在衰落的地区,未来也会因应对方式的不同而发生改变。

终章 以全新的方式做全新的事，为了全新的人

> 专栏 9-1

与其改变现在，不如从零开始

身处瞬息万变的现代社会，我们总是需要挑战过去没有的新事物。想要新提案在旧体制中得以通过需要花费大量精力，以新代旧就更需要无止境的努力。

在地方，若想让既有的地方公司重新崛起十分困难，但成立一家新公司，认真经营，并实现盈利则要容易得多。因为既有的地方公司往往拥有多个亏损项目，还有趾高气扬的董事，难以处理的事务不计其数。停止比开始要额外消耗数倍的精力。

当人们失去自己的立足之地，或现有事业被否定时的反抗是惊人的，有时甚至会受到他们的胁迫，或是收到他们写满黑料的匿名信，最终在这些琐碎的事情上花费大量精力。

开展新事务的捷径不是在现有的组织中开展，而是建立新的组织，注入新鲜血液。但在日本，却总有人对如何改善现有组织抱有奇怪的使命感。归根结底，公司也好，组织也罢，都不过是由人创造出来的概念上的结构，一旦失去功能，以新代旧反而更有效率。公司、组织是单纯为了达成目的的容器，让失去目的和功能的组织存续毫无意义。

现有的组织、现在自己的决定并非完美无缺。离开组织，置身于不同的环境中，看到的世界也会发生变化。

结　语
这个故事还在继续

最后，濑户和佐田不仅在日本国内推进事业，还向亚洲进军。在地方，年轻一代以不同于以往的商业嗅觉创造事业，这正是现在在日本地方真实发生的事情。他们的事业今后如何发展，虽然还有待时间去确认，但一定会越来越有趣，敬请期待。

地方事业的挑战没有终点。第一次拜访早稻田商店会是1998年，今年是第20年。曾经还是高中生的我也即将步入四十岁，不能说自己永远年轻。正因如此，我们和老一辈与其盲目悲观地认为"未来一片黑暗"，不如把缰绳交给下一代的年轻人。如果你不认为未来有趣，那你就不能站在决定未来的位置上。

我们今年从"小买卖"开始，为6~15岁的孩子们创造亲身体验经营、接触金融知识的机会。目前，虽然也有大企业提供的职业体验，但大多是在公司工作、完成既定业务并获得报酬的经过设计的"工作"。然而，真正的工作方式应该是通过自己的思考和毅力，创造出业绩来获得回报。这样才能获得自己思考的能力，也会自然形成回收成本的意识。在这个意义上，我认为让孩子们做"小买卖"是很好的经验。

结语　这个故事还在继续

于是，7月和8月，我在东京开展了两次名为"bizquest"的体验计划。第一次是用濑户内市农家种植的无农药柠檬制作濑户内柠檬水，第二次是用冈山的清水白桃这种高级桃子制作蜜桃茶。让孩子们体验了从制作、销售，到邀请哪些地区加入等一整个的商业流程（产品制作由专业厨师协助完成）。

对象是6岁到12岁的孩子们。因为7月正值暑假，所以大约有10人参加，销售额为5.3万日元，利润为2万日元左右。8月正好赶上盂兰盆节，虽然只有6岁、8岁和10岁的3名孩子，但销售额进一步增加，达到6.9万日元，利润达到了3万日元。孩子们不仅参与了成本计算、决算报告和利润分配，甚至还与我们一起讨论了创业精神相关的内容。孩子们对靠自己双手挣钱充满了自信。从今年下半年开始，我们将在全国各地开展这样的活动，让他们学会如何用自己赚来的钱进行投资。

20世纪50年代，日本总就业人口的一半以上是个体户及家庭经营。2018年的今天，这一比例下降到了相当低的水平。虽然"工作方式"在半个世纪后发生了巨大的变化，但我认为无论是个人还是身处公司组织，能够开拓未来的都是能够自主构思新事业、将收入投资于未来的人才。

全新的事物，必须用全新的方法，由全新的人来做。
本书的后续，我想将是你在家乡发生的故事。

2018年9月，一个秋高气爽的日子